胡鹏池　著

芦花瑟瑟

海天出版社〈中国·深圳〉

图书在版编目（CIP）数据

芦花瑟瑟 / 胡鹏池著. —深圳：海天出版社，
2016.4
ISBN 978-7-5507-1580-6

Ⅰ.①芦… Ⅱ.①胡… Ⅲ.①回忆录—作品集—中国
—当代 Ⅳ.①I251

中国版本图书馆CIP数据核字(2016)第043613号

芦花瑟瑟
LU HUA SE SE

深圳出版发行集团
海天出版社

出 品 人　聂雄前
责任编辑　孙 艳
责任技编　蔡梅琴
封面设计　李松璋

出版发行　海天出版社
地　　址　深圳市彩田南路海天综合大厦　　（518033）
网　　址　www.htph.com.cn
订购电话　0755-83460293（批发）　　83460397（邮购）
设计制作　深圳市龙墨文化传播有限公司（0755-83461000）
印　　刷　深圳市新联美术印刷有限公司
开　　本　889mm×1194mm　1/32
印　　张　8.5
字　　数　160千
版　　次　2016年4月第1版
印　　次　2016年4月第1次
定　　价　36.00元

看山还是山，看水还是水

——最难忘却家国情怀

龙年刚入冬，胡鹏池给我发来了他的书稿《芦花瑟瑟》，是描写故乡农村的，我刚读过几篇就有了惊艳的感觉。

一、场景美，人物美，意境美，故乡怎能不美？

1. 场景美

中秋前，一个说不定的日子，就在谁也不在意的时候，院子里忽然就有了淡淡的桂花香。走近一看，最初只是几根枝条上抽出了百十根纤细如丝的茎，每根茎的端部则有几颗小米粒般白色的苞蕾，那么的小巧而美丽，那么的结实而坚挺。不几天，所有的枝头就都布满了这样的蕾，蕾就变黄了，整个树冠就如黄金灿烂的伞盖，在秋阳下闪烁着光芒。渐渐地，苞蕾绽放了，成小"丫"状，花香也就日渐浓郁了，整个院子都笼罩在馨香之中。香气穿透门窗，弥漫了整个房间，穿透蚊帐，浸润了床与被。

一年之中，我差不多有半个多月总是在这馨香中甜甜地睡去，又在这馨香中舒服地醒来。只伸了一个懒腰，只揉了一下眼睛，鼻子一嗅，就发觉空气又比昨天更香了。

——《桂花树》

那篇《那湖、园子和院子》，更是一幅锦绣江南的工笔画，色彩亮丽，构图精细，不带一丝匠气和烟火气，美得让人窒息。

杨树、柳树都枝长叶茂，枝儿叶儿随风飘荡。有两棵老杨树倾斜了，根须暴露在湖岸，几枝碗口粗的树枝儿蜿蜒地伸向湖心。每到夏季的中午，远近农户家的野孩子们不知从什么地方游了过来，有时三四个，有时七八个，全都一丝不挂地站在弯弯的树干上，准备跳水，树枝像弹簧一般地起伏着。孩子们像喜鹊似的喳喳叫着："你先跳！""你先跳！""你敢不敢？""你敢我也敢。"三四或是七八根青葱玉琢般的小鸡子儿带着晶亮的水珠儿骄傲地挺着，阳光穿过树叶儿照过来，格外的鲜亮。岸边密密的草丛中蚱蜢子没完没了地跳着，树上知了们没完没了地唱

芦花瑟瑟

着，春天夏天的大自然都是那么的热闹。

有什么比阳光下带水珠儿的青葱玉琢般的小鸡子儿更美丽的物件儿呢！

2. 人物美

先就说宝姑娘那个长相，瓜子脸儿，樱桃嘴儿，柳叶眉儿，身段儿高挑，那腰肢儿细得唷，喔唷唷唷！走起路来风摆荷叶般地轻盈，说起话来轻声细气，那声音就像天边那一镰弯月旁漫卷着的几丝纤云，遥远而分明地飘着。

——《四个女人的故事》

大姑娘、小媳妇们固然美得耀眼，老太太们也很美！

别看这个老女人的前相不怎么样，她的背影却是那么的苗条，那行走时扭动的腰肢，上下颤动的屁股，像流动的音乐，特有韵律，那么婀娜，那么美丽的！

——《章天与等姑娘》

贾宝玉说女人是水做的，男人是泥做的。作者同意前半句，显然不同意后半句。作者笔下的男人也很美。

日光明晃晃地洒在河面上耀得人眼睛发花，揉揉眼就看见了那个二十出头的大小伙子扛着大麻袋子跃过甲板的身影，那跳跃的矫健身姿，日光下隆起的肌肉，收在眼里就扒不出来了。——"美哉！少年！"

"壮哉！少年！"这话就在心里喊了百十遍了。

——《四个女人的故事》

这种冷峭的"美"中包含了作者深厚的情感。

看来作者并不擅长制造情节，在情节的铺陈及冲突中充分展现人性；也不擅长制造悬念，在悬念中将故事引人入胜。作者的散文往往是一幅幅平铺的水墨丹青，而不是一部彩色连续剧。难能可贵的是在这一幅幅水墨画中，同样也将人物写鲜活了。

勤劳能干的方惠琴，撒泼如撒娇、觅死觅活如演出的等姑娘，聪慧寡言、大智若愚的李楞子，洞悉人心世道又款款情深的宝姑娘，殊不畏死却又不会生活的战斗英雄张富贵，算命的常瞎子，听党的话的常村长，还有那个人老、脾气淡、道行深的袁和尚……无不跃然纸上。每个人的故事情节都不多，但是他们的人性依然是那么丰富，那么生动鲜活。

作者这一方面的短板用那一方面的长板弥补了，弥补得也颇为成功。反正这是散文，并不是小说。

3. 意境美

王国维《人间词话》有言："词以境界为最上，有境界则自成高格，自有名句。"一切文学作品皆可以有无境界而分其高下，散文亦如此。

以"境界"之说评判胡鹏池的散文，不敢说已得个中三昧，但他确已登堂入室了。

小凤儿却一点也不害臊，这小不要脸的居然摇着我的手说："你说要不要啊？"我甩开她的手骂："你是个痴的。"说完就一溜烟地跑了。

——《兰姑娘和她的一家人》

二舅妈很领情地说："大姐姐家到底是镇上人，粪里的油水也大。"

——《儿时食瓜》

十几年前我乘车而过那块三角地，特地停下来凭吊袁和尚，也凭吊那逝去的岁月。那间窝棚已完全倒塌了，残迹却还在，枯焦的草丛中冒出了缕缕的青草，在春风中依依地飘拂着，如同我心中绵绵不绝的幽思。

——《袁和尚》

云锦镜花，俯拾皆是。有的属于客观造境，有的属于主观写境；有的境中"有我"，有的境中"无我"，贵在生乎自然，发乎内心，读者宜加细心玩味。相信不同的人生经历，不同的人生角度，都能读出不同的意境来。

二、选篇粗诠

全书数十篇，依我管见，精品之作约在半数左右，兹选三篇而诠释之。

1.《放鹞子》

这篇是写乡俗的，展示了解放初期苏北农村"放鹞子"的自由壮观的场面，旨在表现中国农民曾经有过的潇洒自在，农村生活曾经也有过的奔放豪迈。

作者将这一乡俗写得热烈浓郁，场景描写细腻，人物形象生动，放鹞子的乡人们释放出一鹞冲天的豪情和原始粗犷的阳刚活力，围观乡人们的悠然神态跃然纸上，喂奶的妇人和掉裤子的汉子，更让人忍俊不禁。

放鹞的人们这时才停当了，一屁股坐在田野里，喘着粗气，喝着焕猴老婆递过来的大碗茶，抽着烟，掉裤子的男人早就重新将裤子系好了，光脚的男人擦拭被麦茬子扎出血来的伤口。有的就这么痴痴地站着，仰着头久久地凝视着空中的鹞子；有的则一屁股坐在地里侧耳倾听着空中的音乐；也有人干脆就倒在田野里四脚朝天地躺着，借着酒劲和刚才狂奔的十分出力，一小会儿就呼呼地睡着了，发出震耳的鼾声，也放出一串串的响屁。放屁一阵风，来去影无踪，人们所呼吸到的仍然是土地被太阳晒出来的那股浓浓的香味儿。

真是自由自在赛神仙，非彻底自在的人哪有这样的鼾声和响屁。那些放鹞的庄稼汉子可能是胸无点墨的，但同时又是心无点尘的。有什么比农夫们"震耳的鼾声"与"一串串响屁"更动人的生命乐章呢！

看似低俗的、鲜见入文的元素，在作者的笔下变成了人性化的高级审美。

"露水浸衣，朦胧中听见外祖母喊着：'大猴，进屋去睡吧！'"收尾一句，物我皆忘，有一种"空灵"之美。

2.《李楞子与外祖父》

这篇最具悲剧色彩，作者将外祖父饥饿而死的临终离别写得格外地情意浓烈、韵味悠长。

他偶尔也到我家来。都在同一条街上，相距百余米。外祖父从来不从大街上走，总是走街背后的河边小路，总是穿一袭破旧的灰色长衫，双手袖着，瑟瑟地走来。

我走出后门与外祖父道别，说一声："爹爹，走好了！"他无言地摆摆手，依然双手袖着，沿着来的路瑟瑟地离了去，那一袭破旧的长衫，被冷风吹卷起一角，河边的芦花瑟瑟地起伏着，望着外祖父佝偻的背影消失在漫漫芦花深处，我心无限凄惶。

极少的文字将一个人物形象跃于纸上，不由得令人联想起朱自清父亲的背影，但它比《背影》的震撼力大多了。

3.《一个地主儿子的大学梦》

这篇与《老姑娘出嫁》是全书中分量重的两篇，如同小说，亦可称之为大散文，其内涵也最为厚重，最具社会意义。从艺术角度上讲，既有生动的细节描写，也有对人物性格心理的精细刻划，堪称全书之首。

请看作者对主人翁的描写：

二舅舅从小身子骨儿单薄，力气小，可人聪明，锄地、播种、施肥、收割，他样样活儿都行，搭个黄瓜棚子、丝瓜梯子什么的，也不用学，一看就会了。——春夏两季的夜里，他打着手电筒在河边插上几十根钓鱼竿，第二天清晨起竿，一准儿能收三五斤鳝鱼，家里吃不完，就上集市卖，换几个零用钱。冬天下了雪，他用一根带线儿的竹竿把一个网筛在雪地里撑起来，远远地稀拉拉地撒上一撮米，引着鸟儿一边啄食，一边就一蹦一跳地走进网筛的下方，然后把绳头儿一拉，用这样的法子罩上个俊鸟儿玩。

芦花瑟瑟

外祖母说："这个老二啊，学啥会啥，做啥像啥，真是个七巧玲珑心。"

再看这一段：

"大学梦"想做也做不下去了，也熬尽了对生活的希望。

年过三十，还未成家，外祖母和所有的亲戚都劝他找个对象吧，然而，在相当长的一段时间内，二舅舅无动于衷。他说："结了婚，就要生孩子，家里这样穷，自己一张嘴都糊不饱，哪有本事养家活口。有了孩子，就得让他们上学读书，养儿不读书，不如养头猪，可哪有经济能力供他们上学读书呢？"

这一段描写的是主人翁对生命的悲愤、决绝的态度，读来让人无法不动容。

再看全文结尾处的抒情：

这个对我一生影响最大的人，这个长得像刘德华的人，这个聪明得像运涛的人，这个引领我考清华的人，这个引领我看《红与黑》《约翰·克里斯朵夫》的人，这个六年中参加了五次高考的人，这个说过"粪袋子、湿布衫"，说过"养儿不读书，不如养头猪"的人，这个填海的精卫，泣血的杜鹃——就这样永远的没了，我心中的悲愤实在不是这篇短文所能表达得出十之一二的。

连续的排比句，仿佛就是鞭子，一鞭一鞭地抽在作者与读者的心上。

如果说《放鹞子》以乡俗的场面浓郁胜，那么《外祖父》以背景画面的意境胜，《大学梦》则以厚重的社会题材胜。

三、情感是审美的源头

胡鹏池"以饱带感情之笔，写流利畅达之文"，实属难能可贵。情感是审美的源头，文情并茂是《芦花瑟瑟》最显著的特点，表达了作者对人的生存状态，对生活、对生命的真挚，这是一种久违了的赤子之情。在当今物欲横流、人情冷漠的时代，我们能读到这样饱含真情实意写成的《芦花瑟瑟》，能不感叹万分？作者才情纵横，轻描而淡写，娓娓又絮絮，带着我们来到了他的儿时故乡——长江北岸的三兴圩小镇。读过《芦花瑟瑟》怎么不令人感到舒啸林泉、沐浴春风、一吐晦气的心情欢畅！

"走出'文革'"谈何容易，"梦回故乡"也是另一种"走出'文革'"了。

高尔基说"文学是覆着青春的堡垒"。无名氏说"最能品味食品滋味的是厨师，最能品味人生滋味的是作家"。文学归根结底是人学，人如同天使一样高贵，人性如阳光一样灿烂，如月色一样柔美。

胡鹏池没有用甲骨文字中跪着的人去框套故乡的人物，更没有主题先行、张扬那个什么时代的"主旋律"。

书中的"代表同志姨"是贫协代表、生产队副队长，也是说书人孙大爷的老婆。晴朗的夏夜，她早早为听书的孩子们搁上了门板，燃起了驱蚊烟，招呼孩子们喝早已泡好的藿香茶。这个"半老太太"干练正直，是连常村长都敬畏的人，正是由于她的存在，在一定程度上狙击了"左"祸在西街头这个小地方的横行。

作者笔下的每一个故乡人都生于斯、长于斯，一方水土养活的人有着那一方人的真性情，该吃吃，该做做，该哭哭，该闹闹。凡"划清界限"的都是表面文章，"划不清界限"的才是真实的人性。社会的人际矛盾无处不在，但并不一定以对立的形态出现，也不一定非要"一分为二"，重要的表现在于"联系"。

胡鹏池把故乡人的喜怒笑骂、眼神语气都写得那么生动有趣、栩栩如生。

> 兰姑娘拿了一条白毛巾上来擦拭我额头上的汗，说道："乖乖隆的东，瞧这孩子能的，我家凤儿给你做媳妇儿好不好？"我一笑，脸一下子就红了，没有回答，我瞧见兰姑娘的猩红眸子里有无限灿烂的星光。
>
> ——《兰姑娘和她的一家人》

兰姑娘的笑容在作者的笔下得到不止一次地升华。"善良"在邪恶的人的眼中不是蠢就是傻，善良的眼神只有同样是"善良的眼神"才能看得见。

在胡鹏池的这部作品中有绝对意义上的好人，但几乎没有一个是绝对意义上的坏人。即使对于"常村长"与"野驼子"，作者一方面描写他们丑恶、小人得势的嘴脸，同时也给予了足够有说服力的辩护。所以说所谓的"是非分明、爱憎分明"是绝对写不出真实的人生的，人性从来都是善恶共存一体的。

看得出来，胡鹏池自己的精神状态也已经深陷他的作品之中了，他和书中的每一个人物一样，都是那么可亲、可敬、可爱、可怜、可叹地鲜活存在，因为这些人不仅生活在他的身边，还久久地活在他的心里。我们看到胡鹏池回到了故乡，回到了小时候，在乡音乡情中慢慢地长大，慢慢地明白事理。在纯朴少年的眼中，看山是山，看水是水。故乡的一切是亲切而可以触摸、可以回味、可以依托的真实存在。乡村生活中的平凡琐事，成为敏感少年一个一个启蒙认知的波谷山峰；那饱含酸甜苦辣的故乡水，一滴一滴地滋润着他，使他逐渐成长为一个"醒目仔"。

四、善良本真是欲海风浪中的定海神针

毋庸讳言，我们年轻时所处的那个时代是中华民族三千五百年文明史上最为奇特的时代，阶级斗争的观点扭曲了一切视线。看山不是山，看水不是水，广阔乡村已成为改天换地的阶级斗争的战场。"大炼钢铁""开荒种田""围湖造田"……毁了多少锦绣山川田园。山不再绿，水不再清，天不再蓝。亲情、乡情淡薄了，功名利禄诱导下的"思想进步"，绝不会擦亮眼睛。"看山不是山，看水不是水"，认知出现误区，成长更加苦闷；世界荒唐扭曲，良知又怎么能够不缺失？家国情怀、人文关怀逐渐地远离了世道人心，一如正在逝去的乡村文明。

一个有思想、能思想的人的思想，也有点像宇宙大爆炸一样。一切聚结过的"云核"逐渐弥散而消失了，一切飘浮弥散的东西又重新慢慢地凝集起来。

《芦花瑟瑟》中的外祖母是一位勤劳坚强、深明事理的老人，也是历次运动的受害者，整个后半生中都顶着"地主分子"的帽子，被定义为阶级敌人。她多次挨批斗、被人扇耳光，却无怨无悔地悉心照料这个家；她一次次被剥夺、被驱赶，却依然古道热肠地帮助左邻右舍，将宽恕、关爱、友善施与每一个人，谁又能说她不富有、不高贵呢？

我的外祖母家庭成分是小土地出租者。我一岁多时，参加"地下党"的父亲被抓进了渣滓洞监狱，随后牺牲。外祖母接纳了我们，耗尽一生的劳作协助母亲抚养我们兄弟。两位老人教育我们：参加革命工作就是奉献、牺牲，而不是索取、牟利；要坚守俭朴勤奋，知道感恩慎独。母亲常告诫我们，哪怕"钻磨眼"（磨眼，指石磨的进料口）那样的艰难痛苦，也要豁出命钻过去。多少年后我长大成人，陡然发现，我从来没有幼年丧父失怙的哀怨，也没有争权夺利的疯狂激情。看山还是山，看水还是水。拥有如此巨大的精神财富，全是因为外祖母和母亲为我们守住了一个丰厚沉实、永远长青的精神家园，让我们总能感受到自己是世界上最幸运、最富有、最快乐的人。

五、家国情怀净化人的心灵

《芦花瑟瑟》开篇介绍了故乡的街道、土地与气候，令人诧异的是作者刻意描写的并不是故乡如何美，而是如何不美。那一望无际没有起伏变化的平原、狭窄的长街、更狭窄的穷巷、混浊的后河、尘土飞扬的马路、露天的粪缸、夏天的痱子、冬天的冻疮——哪儿来的美？可是当你通篇读来，所有这些不美的元素却淡化甚至消失了，仍然感到故乡之美无处不在，在这其中作怪的就是神奇的"家国情怀"。

家国情怀净化人的心灵。每一个从自在走向自为的人，在争取生存、安全、发展等人生需求的道路上，免不了功名利禄、酒色财气的诱惑；认知的局限也会让人犯错误。但是在漫漫的人生路上，谁不企盼有一盆热水泡泡脚？谁不希望有一碗热粥暖暖身？这就不是一个驿站所能提供的，而唯有"家园"才能使你重获力量。

不愿苟活的人想要活得明白些，势必一次又一次回顾自己从哪里来，想到哪里去。启蒙带来觉悟，心灵净化后的双眼，看山还是山，看水还是水。胡鹏池通过那瑟瑟的芦花梦回了他的故乡，看他的故乡，就是在看他的成长、看他的担当、看他的回归。这是一种摆脱了外在束缚后螺旋式的回归，只有这样的回归带给我们的慰藉和启迪才是非同凡响的。谁也不会只为了过去活着、只为了别人活着，更不会为了痛苦活着。庸常的生活平淡如水，"回忆如同杯中的白水，没有一点颜色，也没有一点点滋味，更不起一丝波纹"（《袁和尚》），这看似不着力的回忆，轻似烟、幻如梦，却是作者学海、宦海、商海历练后的心得，高一脚低一脚，千里万里捡拾回来的脚印。"竹林七贤"中的阮籍曾讲：淡味才是真味，才可以味之无极。只有精神解放后的自由心灵，才能如此淡雅从容、自然大气地展现故乡各色人等的生命状态、人生存在，这也恰是

《芦花瑟瑟》的神韵所在。那山、那水、那故乡，一经触碰、摹写、阅读，便和天地宇宙有了呼应，与人生的终极价值有了联系，而让我们永世难忘、生死相许。

拯救自己就是拯救社会。对自身的再认识，就是启蒙的必修课。非如此我们不能做好自己，走好自己的人生道路。孔子说："内省而不穷于道，临难而不失其德。天寒既至，霜雪既降，吾是以知松柏之后茂也。"每一个人坦然地面对自己、做好自己，必然形成巨大的合力推动社会发展。所以《芦花瑟瑟》首先是作者写给自己的，作者会为自己的记忆和才情喝彩自豪，会为自己的人格升华而欣喜若狂；其次《芦花瑟瑟》也是写给作者的乡亲好友的，期盼触发共享共鸣。文学作品可以超越家族、社团、阶级、国家，还能超越地域和时间而存在，如同通过书中的"孙大爷说书"那样影响一代又一代的人，促成社会走向文明。文学拒绝宣传、反对说教，它以植入心田的人物形象潜移默化地陪伴和影响每一个听众和读者的成长。《芦花瑟瑟》的出版表明胡鹏池在独立思考、自由写作上开了一个好头，他正捧出自己的力作供众人分享。

盘古劈开混沌，混沌并没有死去。"发现自然界的定律和法则，并使预言成为可能，这是科学的一个巨大成就。但是在临界点上——任何新事物涌现的地方——一切

芦花瑟瑟

都是突显和未定的。"混沌理论指出稍长久的气象不可准确预测，人类社会在每一个混沌点上都是生命历史的崭新起点，我们的所有努力只是在推动社会良性发展。

胡鹏池在描写故乡，更是在剖析自己，展示心扉，为建设更美好的精神家园去追寻生命里、生活中的真善美。

我们缅怀找寻的不是哀伤惆怅，不是旧梦残影，而是正在升华的新理念、新思想，以及把握当下、拓展未来的勇气和信心。

真有家国情怀吗？胡鹏池和我都相信是有的，是值得去争取和拥有的。

唐　伟

2015年1月22日

目　录

百脚街

　　我的故乡三兴圩镇是长江北岸的一个极普通的农村小集镇，地处长江入海处的冲积平原上。除了江边那五座被称之为"山"的小丘外，这儿的平原一望无际。所以，我的故乡并没有山峰之峻峭，没有曲涧之深幽，也没有荒林之蓄美。平坦意味着平淡，平淡产生不了诗情画意。就像我现在，一个七十岁的老人站在一世人生的尾端，回望我的儿时生活，其实也一样。

　　镇子东西走向呈一字长蛇形，细细长长，弯弯曲曲，绵延竟有三华里之长。

　　街北房屋的背后是一条河流，河面仅七八米宽，灌江的河水永远是混浊的，不深也不浅，从未干涸见过底，也从未泛滥上过岸，河水日夜缓缓地向东流去，无风的日子几乎看不出它的波浪。

街南的屋后则是一条泥土和沙子混成的马路，成日价被来往的车辆掀起蔽天的灰尘，将小镇的空气污染。

街道用碎石子儿铺就的，最宽处也不过两米多，勉强能容两辆木轱辘独轮车嘎嘎地对面穿过。

南北方向有十数条短而局促、窄而肮脏、对称排列的小巷，每一条小巷的两侧鳞次栉比排列着数不清的茅厕，一多半的茅厕有简易的草棚子，简陋的坐架子；一小半儿干脆就是露天的粪缸，一眼望去白花花，无数攒动着的蛆在同一个肮脏的平面上力争上游，蛆从这儿爬出来，钻进土壤里，演变成蛹，再从土里钻出来，蝇就诞生了，一群一群地在人世间嗡嗡地飞。男人们在如此丑陋的茅厕若无人地撒尿掏家伙，女人方便时也全露出白森森的屁股。

街北的居民穿越着这样的小巷走上马路，街南的居民穿越小巷去河边汲水、淘米、洗菜、浣衣、涮马桶。

老人们都称这条街为"百脚街"。所谓"百脚"，即是"蜈蚣"，一种狰狞、丑恶且有毒的节肢动物，小镇的几何形状很符合这种动物的形象。蜈蚣和蚂蟥是我童年时最害怕的两种动物，害怕它们的毒性，更害怕它们丑恶的模样。故乡的街道竟被比喻为

芦花瑟瑟

这样一种凶恶、恐怖、丑陋、低贱的动物的外形！真使游子们无言。

老人们还说街东头的那两棵银杏树是蜈蚣的两只眼睛，相传已有五百多年的历史了，果真是遮天蔽日，郁郁葱葱，躯干粗得需要五六个人手拉手才能合围。眼睛当然是长在脑袋上的，这两棵银杏树所在之处原有一座巍峨的关帝庙，乡人们都称其为"东大庙"，这就是蜈蚣的脑袋了。国共内战的末期，一座国民党的炮楼依庙而筑，于是新四军在攻打炮楼的同时也将关帝庙一把火给烧了。东大庙无端地毁于国共内战的战火纷飞中。

至于这条百脚的尾巴在哪里，则有两种说法。有人说，百脚的尾巴是垂下来的，那就是街西首的一口井，就在外祖母家庄园的篱笆外。井口只有锅盖般大小，早已干涸而废弃，但事关风水，一直无人敢动，直至公社化后才被彻底填平了。也有人说百脚的尾巴是向上翘的，那就要从街尾再向西走上二里地，那里有一个小小土地庙，蜈蚣的尾巴就是庙中的那根竖起的旗杆。合作化后，土地庙改作生产队的猪圈，泥木结构的几尊菩萨都早已尸骸无存，旗杆也早被砍下来不知何处而去了，只剩下一堆碎土残墙。

这条蜈蚣的一头一尾都没有了，这条蜈蚣还能活吗？就像一条半死不活的蜈蚣身上爬满了噬食的蝼蚁一样，在这条小镇上生活着几百户、几千名日出而作、日没而息，尚填不饱肚子，养不活自己，世事不知、混沌不开的人儿，那是我的父老乡亲。

人人都说家乡美，可我一向就没有这样的感觉。

但也正因为它是生我养我的故乡，千里万里走出去，依然魂牵梦萦她。白天想着她的贫穷与苦难，夜里每每入梦的却是爱我疼我的亲人与乡亲们。

故乡的土地和气候

　　故乡的气候是温带海洋性，一年四季都有充足的雨水，气候是温暖的，却也不是四季宜人，更谈不上四季如春了。

　　夏季照样很炎热，三十五六度的高温天气年年都有几十天。盛夏季节，劳作的农人一天到晚都淌汗水，皮肤因炎热淌汗生出痱子来，人人概莫能外。有的人的痱子星星点点连成了一片又一片，就像粝子锅巴，红红的，痒痒的，抓也不是，搔也不是。加上那夏秋两季无处不在的蚊虫叮咬，所以几乎每个人的皮肤都被搞得斑斑点点，即使花季少女也不例外。蚊子总喜欢在油光水滑的肌肤上狠狠地叮上一大口，让你痒痒上好几天。到了傍晚，小孩子家洗了澡，满头满面地涂着婴儿痱子粉，汉子们涂着清凉油或风油精，女孩子们则抹上香喷喷的花露水。故乡的夏夜，空气有味道，那味道很好闻。

冬季照样很寒冷，冷的风格却与北方迥然不一样，那是湿冷，比北方的干冷要难熬得多，特别容易生冻疮，尤其是那些在田野里劳作的妇女和在风里雨里上学放学的小学生们。冻疮生在脸颊上、手背上、耳朵上，全都是展示在外，寒风直接侵袭的部位。冬天的冻疮比夏天的痱子更难看，更令人奇痒难耐，又不能痛痛快快地去抓去搔，抓破了会生指甲风，溃烂，流脓水，泛滥出更大的面积，结成更难看的痂疤。到第二年的春暖花开时，姑娘、媳妇和小孩子们的脸上往往还对称地分布着两块冻疮瘢，有点像藏族人的高原红，却不是紫褐色的，而是褐黑色的，一直顽强地存在到初夏，那瘢才不知不觉在汗水中褪去了，却在肌肤的深层处留下根。深秋初冬，一两场西北风一刮，冻疮就又早早地发芽了。

这一带不产煤，除了为数不多的几家饭店、老虎灶外，寻常人家都不用煤，也用不起煤。依仗着严寒的天气不长，自古以来就没有盘炕、烧炭炉子取暖的习惯，也不会像北方人那样把窗户的缝隙全糊严实了，而是任凭外面呼呼刺骨的寒风从门窗的缝隙中嗖嗖地钻进来，把屋里一点热气驱逐干净了，调节得几乎与室外一般地寒冷。

芦花瑟瑟

几乎所有曾经在这儿过冬天的北方人，都说这儿的冬天比北方要难熬；也几乎所有到过北方的家乡人都宁愿在北方过冬。即使是在家乡年年复发的冻疮，只要在北方过上一个冬季也就会好了，甚至连根儿也除了。

春秋两季的气候当然是好的，但春也有春冻，那是冬的回潮；秋又有秋老虎，那是夏去的"返照"。

故乡的气候就是这样不南不北，南方人说它是北方，北方人却说它是南方，谈不上什么好，也谈不上什么不好，地理位置就这样。

也许只是一种情结，我总觉得故乡人的勤劳聪慧似比其他地方略胜一筹，证据就是故乡早就建造了很合理的水利工程。先人们经过了数百年的经营劳作，在这片滨江临海的土地上开掘了数不清的宽宽窄窄、长长短短、纵横交叉的运河。每隔二三百米，就有一条南北走向的小溪，宽不过三五米，主要用于灌溉和排涝；每隔三五里，又有一条东西走向的河流，宽约七八米，除了灌溉和排涝外，还用于水上交通运输。这些呈很规则的"井"字形的大小运河组成了卓有成效的水利、运输系统。在社队工业兴起之前，在化肥和农药被广泛使用之前，那些远离市镇的河水都是清澈的，都能饮用，水中都有鱼虾螺蚌。

这也是一块人间福地，是全中国极少数几乎永远没有大的自然灾害的地方。即使全中国大多数地方都发大水，故乡却不会；即使全中国大多数地方都闹干旱，故乡也没有；这儿是冲积平原，脚底下土地都是一层一层冲击出来的，很平实，也没听说历史上有过什么地震的纪录；龙卷风和台风，每年夏季都会有上好几回，却不多也不大，很少危及生命财产。天气预报中常说台风要来了，于是风大了一些，雨也大了一些，也就这样。过了两三天，天气预报却说台风只是路过，现在已经吹到日本或韩国去了。这儿也是一块永远也不至于饿死人的地方，当然"人祸"则另当别论。

　　农民总是贫穷的，但贫穷都是相对的。诚如胡适先生所说："农民，只要没有人去管他，他们总能找得上吃的。"千百年来，从事闭塞小农经济活动的故乡农民，从总体上讲，当然是贫穷的，但大部分人都有一种自食其力、自给自足、自得其乐的满足。

　　这儿凡土地皆为农田，几无一寸土地是荒芜的。沙质土壤和粘质土壤的区别是有的，因而也就有了适合种粮食作物或是经济作物的区分。

　　小镇的周边全是经济作物区，基本上不种小麦和水稻，而广种薄荷、留兰香、黄麻、棉花等各种经济

芦花瑟瑟

作物。经济作物主要是用来换钱的，农民向国家出售棉花、黄麻、薄荷、留兰香，向城市出售蔬菜瓜果、鸡鸭鱼肉。农户手上有了活钱，去买粮食、布匹和日常用品。比起纯粮食作物区，故乡农民的日子过得好上不止一点点。

小镇周围的土壤特别适合种植瓜果蔬菜，小镇也以瓜果蔬菜而远近闻名。那红籽黄瓤的大西瓜，那晶莹香脆的小白瓜，那个儿大、味儿鲜、核儿小的白沙枇杷，那既香又酥、既面又沙的香沙芋、荷包扁豆，还有那只有在霜重雪飘的季节里才能生长和收获的油黑发亮的黑菜，都是千里无觅的农家珍品，那诱人的素鲜和果香，常常勾起游子们肠胃里的馋虫子，引起黉夜的乡思情。

那湖、园子和院子

外祖父家的祖屋位于这条百脚街的尾部。

一个颇为宽畅的四合院，坐南向北，东西五间，南北三间，围住了一个长方形的院子。南边三间正屋，高出地面七八十公分，三阶麻条石铺成的台阶，每一阶有三条长约两米的条石，颇有庄严的气派。西厢房是外祖母的卧室，东厢房是大姨的闺房，正中的堂屋有祖宗的神龛，神龛的两侧是长案，长案的上方挂着祖宗的画像，就如同如今在电视剧里看到过的康熙、雍正、乾隆的画像一样，衣服都是花花绿绿的，眉毛总是细细的，眼睛也是细细的。院子的北面临着街面，东面是大门堂，极普通的两扇木门，古老而破旧，上下不合缝，似乎随时都会倒下来。西面和南面房子的外面是菜园子，呈"L"形，有一两亩了。园子的东面用一条长长的篱笆与别人家的田地隔开来，

芦花瑟瑟

西面和南面则是一个湖，也呈"L"形，与园子相切着。

湖水非常清澈，给我留下的全是清凉、碧澄、幽静而美丽的记忆。一条只有前面两条腿的长凳子伸出去，就构成了最为简陋的淘米洗菜提水的水埠子。蹲在水埠子上看得清湖底的游鱼和爬虾。晴朗的日子，湖水清粼粼的，湖面闪动着金色的阳光，斑斑点点、闪闪烁烁地跳着舞，一派"浮光耀金"的景象。三五成群的麦秆浪儿鱼在湖面上潇洒地游弋着，窜动着，发出"的咚""的咚"的声音，好听极了，就像偶尔触击钢琴的琴键那样清丽圆亮。几只白色的嫩虾子和青色的老虾子正在水下的苇草和瓦砾中玩"躲猫儿情"（"捉迷藏"的家乡话）的游戏。临近道路的湖水是静谧的，于是湖面上有了一大片的荷，田田荷叶上滚动的露珠颗颗晶莹剔透，靠近岸边的荷叶，能看得见露珠中你的脸映在天光云锦里。没在水中的莲茎，挂着一串一串金色的田螺，静穆无声地向上缓缓地攀着，眼看着就要爬出水面了，却不明原因地又跌落回水中，只好再从头来过。几株新荷忽然间就冒了上来，每一株的尖角上早落上了一只蜻蜓或织娘，有翠绿色的、老黄色的，也有紫红色儿的，多半是雌性的，于是就有一只雄性的爬上去，尾巴弯曲成半个圆，在荷尖上微微振动着翅膀，做着悠悠的情爱。倘若在这时随手折上一根细细的苇秆儿去轻轻地拨动一下，那一对热恋着的蜻蜓惊恐地飞起来，但它们的身体却仍然不离开，仍然相叠着在空中飞行做爱，又双双在另一根枝条或叶片上停落下来。

湖岸上长着密密的芦苇和杂七杂八的灌木，稀疏无序地排列着十数棵树木，有两棵伞盖似的桑树、两棵高耸的榆树、一棵柿树、一棵枇杷树和七八棵老杨树。那棵柿树没有嫁接过，结的柿子是涩的，虽然不能入嘴，但青柿子碧玉般油光可鉴，十分可爱；枇杷却是最好的品种，白沙，核儿也小，汁水也多，可惜树老了，眼看着眼看着，一年比一年结的果子少了，有一年，只结了八个，第二年却只结了两个，终于有一年的春天它竟没有再萌发一叶新芽，就此死了。

杨树、柳树都枝长叶茂，枝儿叶儿随风飘荡。有两棵老杨树倾斜了，根须暴露在湖岸，几枝碗口粗的树枝儿蜿蜒地伸向湖心。每到夏季的中午，远近农户家的野孩子们不知从什么地方游了过来，有时三四个，有时七八个，全都一丝不挂地站在弯弯的树干上，准备跳水，树枝像弹簧一般地起伏着。孩子们像喜鹊似的喳喳叫着："你先跳！""你先跳！""你敢不敢？""你敢我也敢。"三四或是七八根青葱玉琢般的小鸡子儿带着晶亮的水珠儿骄傲地挺着，阳光穿过树叶儿照过来，格外的鲜亮。岸边密密的草丛中蚱蜢子没完没了地跳着，树上知了们没完没了地唱着，春天夏天的大自然都是那么的热闹。

两棵榆树都很老又很高，迟暮之年，很少萌出的几条新枝上挂着几片稀落的新叶，分外显眼。更多的枯枝横七竖八地叉向着天空，树顶高处的几根枝条托着一个很大的鸟窝，里边栖息着一只黑色的巨鸦，不管是春天还是秋天，不管是清晨还是黄昏，时不时地从窝里爬出来，立在最高处，发出不祥的叫声，那声音向着外祖母家的古老的院落，向着西街头，也向着长空。外祖母几次让舅舅赶走它，舅舅用两根长竹竿捆着，终于将那窝给捅了。可过不了几天，那老鸦又回来了，在更高的枝头搭了一个更大的窝，外祖母叹了口气说："由着它吧！也是天意！"

忘了它吧，这乌鸦的声音；麻雀的声音也比它好听，更好听的是喜鹊的声音。画眉与金丝鸟的叫声也许更好听，可是我没听过；我听过的最好听的声音是布谷鸟的叫声。春天，我在外祖母家园子里采桑果时，空中忽然传来"布谷，布谷"的鸣叫，抬头望，一对布谷鸟从蓝天飞过，倏忽飞远，声音却仍从远方飞来。

其实"布谷"的音译并不准确，最准确的是家乡话"花好稻好"。

花好稻好！花好稻好！花好稻好！

这世上就再也没有比这更好听的声音，好听得让你一辈子不知道肉的味道。

两棵桑树结满了桑椹，一棵是红的，一棵是黑的，红的桑椹是酸的，吃到嘴唇上却发黑，黑的桑椹很甜，吃到嘴唇上却发红。每天早晨，外祖母总是小心地将昨夜树上掉下的桑椹全都扫进湖中，再三地叮嘱我："这地上的桑椹，夜里已被蛇和蜈蚣舔过了，要吃就打新鲜的吧！"于是拿上一根竹竿，往树枝上拨弄，那桑椹子就像雨点似的掉下来，总把嘴巴吃得又红又黑的。

园子的近宅处长了各色时蔬与瓜果。仲夏至初秋，密密的叶子覆盖着土壤，叶片下隐藏着各式各样的瓜果，西瓜、香瓜、冬瓜和菜瓜。香瓜的品种最多：小白瓜、黄金瓜、芝麻梨、苹果瓜。园子的远处栽种着大片的高粱和玉米。秋天一到，高粱穗子红红的，近看像一根根火炬，远看就像一片炽红的云。临湖的岸边是各种各样的棚架，黄瓜棚、山药棚、扁豆棚。丝瓜栽种在那两棵老榆树的附近，草绳结成的梯子从地面与树干相连，引导着瓜蔓向天空发展，绳梯上开满金黄色的花，绳梯下垂着一条一条碧绿的丝瓜。南瓜则栽种在房屋的后墙根，也用绳梯引导着它们向屋顶上生长，南瓜的叶蔓都很疯狂，常常就把整个的屋面都遮住了，果实在肥大的叶片下静悄悄地生长着，平时根本就看不见，直至秋风起，瓜叶渐渐地枯了，这才露出一个个橙红色的大脸来。舅舅们总是轻手轻脚地爬上屋去，将它们摘下来，排列在北屋屋檐下的麻条石上，一个个都腆着大肚子——它们要在露天经过一个多月的日晒、寒露、霜降，直至糖分转变成葡萄糖了，才配上花生、红枣、小米子、黄季子、黏高粱，用大铁锅焖成南瓜粥，又甜又香，打嘴不放。

院子也够大了，有一百多平方米了吧，两条细砖头铺成的小径将院子分成面积不等的四部分。

东北角是一株桂花树，西北角种一些蔬菜，也长两棚黄瓜，爬几根扁豆。

东南角则有一个葡萄架，一根小手腕般粗的老藤，每年都长出满棚的绿叶，长出一串串酸得让人掉牙的酸葡萄。屋檐下又有几丛木樨花。木樨是一种灌木，开小白花，如同茉莉，花香却比茉莉要浓郁，比桂花要清雅。桂花是浓香型，好比茅台；木樨花却是清香型，好比五粮液。

院子的西南部分面积最大，是一片夯实了的平场，收获季节在这儿打场，夏日的晚间这儿是全家人吃晚饭和饭后纳凉的地方。

这片平场给我的儿童时代带来很多的欢乐。我和小姨或邻居家的孩子小凤儿、屙屎茄儿、水琴等在这儿做过很多游戏，踢毽子、起房子、打铜板、打弹珠、接龙——奇妙的是平场上又有许多针眼大的小孔，到园子里寻上几根小蒜，一边搓着，一边将小蒜插进小孔中约有两三寸深，然后猛然一拔，往往会带出一条小虫子来。那小虫子是玉色的，寸把长，有点像海马，大人们告诉说这叫地龙，至今也不知对不对。

经过了1950年土改后的外祖母家，仍然占了那个四合院的一小半的房子和整个的菜园子，虽然不再富裕，却过着还算是人过的日子。

我就在这个没落地主人家残缺的院落里度过了我的童年，享受着并品味着这后地主庄园的生活，同时感受并体会着共和国的童年。

老姑娘出嫁

从最东头的那两棵银杏树算起，百脚街蜿蜒向西伸展了一千多米，就到了方德礼家的门口，碎石子儿铺就的街道到这儿就不再完整了，由此向西到大马路有三百多米的泥路，房屋也不再是南北对合的了，也没有商店和作坊。

三兴圩镇的人把这一段街尾巴称作"西街头"，解放后这儿被称为"西街头村"，公社化后这儿被称为"光明公社"中心大队第一生产队。

不管时代怎么变，西街头人仍然称此为"西街头"，土是土了点，但那是老祖宗传下来的名字。

西街头稀稀拉拉地分布了十余户人家，从东向西挨个儿数：方德礼家、兰姑娘家、李楞子家、等姑娘家、外祖父家、罗小海家、曹大金家、孙大爷家、野驼子家、曾老太太家、袁和尚的窝棚——严格讲起来，村长常新万并不是西街头的人，他家住在马路边。

方惠琴是如何将自己锻造成一个老姑娘的？

第一家的户主方德礼，一个在"地货行"拿秤杆的经纪人，是西街头十几户人家中唯一的商业人员。

每日清早，方德礼在集市上为"地货行"收购四乡农民的蔬菜瓜果，其中的一小部分再在同一个集市上转手卖给小镇上的居民，大部分则随着上午的快船运到十八里外的桐城。这是一种"短平快"的商业活动，操作者要有比较综合的商业才能，消息要灵，眼光要准，算盘要精；万一有一票看不准，那就货到地头死，一票所带来的损失，十票八票也抵不回来。方德礼基本上具备了这样的才能，他锱铢必计，谈生意时总是留有余地。他所操作的生意成功概率高于他的同行，于是，集市上的摊贩们给他送了一个绰号——"门槛精"。其实也就是说笑而已，"门槛精"毕竟只是"地货行"的一个资深的伙计而已，没有股份，拿一份工资，揽一点小私活，日子仍然过得紧巴巴。

解放初时，"门槛精"已年过五十，老婆盘姑娘虽没文化，却也是一个精打细算过日子的女人。夫妻

芦花瑟瑟

俩有两男两女，大女儿方惠琴比大儿子方惠民大很多，惠民与我小学同学，比我大两岁，当我十岁左右时，惠琴已经二十多了。

惠琴长相极一般，不算丑而已。满脸雀斑，鸡皮皮肤，没有水分，没有光泽；声音像皮肤一样，也是糙糙的，没有亮色；粗胳膊粗腿，只是乳房高高的，看上去还算是个女人。惠琴这一生从来没有遇上过可意的男人，在错过了几个中等及偏上偏下的男人后，她逐渐将自己锻造成了一个老姑娘。

如今，老姑娘在城市里被叫作"剩女"，中国的农村已在迅速城镇化，但农民的有些意识永远跟不上，老姑娘仍然叫作"老姑娘"。

惠琴年轻时也有过几个追求者。快船的纤夫焕猴曾经对她有好感，焕猴长得极彪悍，高大的身材，紫棠色大脸庞，为人处世也快活，也正派，惠琴对他有好感。但一来焕猴家实在太穷了，只有两间草房子；二来焕猴是穿江过河跑码头的角色，难免过去有点风流事；三则是惠琴自己的原因，三个弟妹都还小，能力不强的父母亲正依赖着她撑门立户，照顾家庭，惠琴自觉嫁人还早了点，先将弟妹们抚养成人再说吧。她怎么就没有想到弟妹们长大了，她自己该多大了？

在焕猴之后还有一个追求者，那就是已经当了村长的常新万。新万只有一米四左右的身高，其实就是一个侏儒。乡人不懂得"侏儒"这个词，管新万叫"矮地炮"，惠琴没有一只眼睛看得上。

乡间多子女的贫苦人家会很自然地生长出这样一种好女子，她们往往是家中长女，下面有众多的弟妹。这样的女子，书一般是读不好的，但懂得生活甘苦，会体贴父母难处，都自觉地将青春无私地奉献给家庭，一门心思地帮着父母忙活生计，帮衬父母将弟妹们拉扯大。方惠琴就是这样的女人，我的大姨也是这样的女人。对于母亲，她是她的帮手；对于弟妹，她是他们半个母亲。

土改时方家的成分是"富裕中农"，四个字去掉中间两个字就是"富农"，也就是半个"富农"了，在社会上的实际政治地位也相当于半个"富农"。其实方家的土地只有四五亩，房屋只有两间半，但是他们家的副业搞得实在热闹。在农村政策尚有常识与理性的时候，方家每年要养四张席子的蚕宝宝，不养猪，养着两只羊、两只大白鹅、一大群鸭子和一大群鸡。记得我们小时候上学放学都不敢在方家门前走，因为那一对大白鹅一看见小孩经过，会伸着长长的脖子，嗷嗷地叫着奔过来啄你的腿。

乡间有一个习俗，每年端午节那天，父母都会给

芦花瑟瑟

上学的孩子准备一个长长的彩色的小网袋，装上三五个煮鸡蛋提在手上，一部分自己吃，一部分作为节日礼物送给老师。少数孩子的网袋里会有一两个鸭蛋，唯有方家孩子的网袋里鸡鸭鹅三蛋齐全，这在全班独一无二。当方惠民迈着骄傲的步伐走上讲台将硕大的鹅蛋放在老师面前时，全班一片赞叹："哇！好大呀！"同学心中就有无限羡慕。老师也有掩不住的喜悦，眼睛贼亮，掩饰不了的笑容堆在脸上，老师就对成绩不好的惠民分外客气，即使作业一塌糊涂，课堂提问时呆若木鸡，也不批评，至少那几天是不批评的。

惠琴不仅勤劳，而且勤劳得有瘾成癖。她的双手从来不闲着，在地里干活再苦再累，筋骨都要散架了，但在回家路上也一定会割上一捆羊草，或是拣上几根柴火；生产队里开会，凡不记工分的会她一般都不肯参加；凡记工分的会，她不是结毛线就是纳鞋底，要是没带什么活计去做，惠琴心疼这会是白开了。

有一首歌这样唱，"生产队里开大会，诉苦把冤伸"，其实早期的生产队开会，哪有什么"诉苦把冤伸"啊？男人们说说笑话抽水烟，女人们全都埋头扎鞋底。没有威信的村长常新万照例会敲桌子发号令：

"不许干私活！听见没？"

有人就应声道："新万你说你的，大家都听着呢！"头也不抬，继续纳鞋底。

新万急了就会指名道姓："说你呢，方惠琴！一开会你就干私活，要不你的思想怎么这样落后呢？"

惠琴不甘自己的富裕中农成分好欺侮，就顶了："我怎么就落后啦？比别人不敢说，要比你常村长，我还不是绰绰有余，我挑担一百二十斤，你挑个八十斤给大伙儿瞧瞧，咱俩比试比试？——不敢吧？一个大老爷们不如咱娘们，你还有脸说？"

大家轰地笑了。

新万脸上挂不住，说话就挑厉害的："思想能用挑担子比吗？我说你落后，你就是落后。你成分虽然不是富农，思想比富农还富农，你的心思就是要当地主。要不是在新社会，兴许你早当上了。"

惠琴也不客气："你倒是思想进步？你那思想进步顶个屁用。成天只知道开会耍嘴皮，瞧瞧你家那口子，日子过成啥样子？一年到头也没一件周正衣服。你一个当家的男人，嘴巴张这样大，也不怕灌西北风。"

说句老实话，反右运动前农村里的政治空气不算很紧张，许多村社干部还没有意识到自己就是代表党

芦花瑟瑟

代表政府的，还不懂得上纲上线，老百姓的心里更没有这个概念。所以群众与干部吵吵闹闹也是常有的事，双方把话说过头了也常有。新万被惠琴抢白得一愣一愣，无言以对却也无奈她何，好感当然是没有的，但也没有动过报复的念头。

利用政治运动进行私人报复，在三兴圩镇是反右后才比较盛行的。反右时，乡政府里有两个小办事员给潘书记提意见，当了右派；商业上，豆腐店的经理一向与供销社的支书不和，反右时支书就将他此前说过的几句俏皮话翻出来打成右派，这个经理就是我的亲叔叔；三兴圩小学也有两个年轻教师给校长提意见，一个当了右派，一个被赶出中心小学下放到偏僻的乡下小学，那个当了右派的就是我五年级时的班主任杨老师，那个侥幸没当右派被赶出中心小学的就是我的小舅舅。

反右后，这些活生生的右派们的光怪陆离的故事挂在乡亲们的嘴边，他们的血肉之躯摆在乡邻们面前，他们萎头缩头的悲惨下场让乡邻们啜饮着政治的味道。乡间自由、散漫、淳厚的民俗民风这才逐渐消失了，人与人的关系陡然变得紧张了，斗大的字不识几个的农民们再也不敢瞎说八道的了，初步懂得了什么叫作"讲政治"。

惠琴当然识乖，心里再是看不起常新万，嘴巴上也不再与他硬碰硬。

老姑娘出嫁的充分必要理由

方惠琴1960年终于出嫁，那年三十左右了，当然是老姑娘了。男人大名梁光明，小名黑皮，四十五六，堂堂光明公社十二大队党支部书记。

奇怪的是这桩婚姻的实际介绍人竟是已被扫地出门的地主婆，我的外祖母周李氏。

对于这桩婚姻，可说是"郎不才女不貌"，然而双方却都十分十分地满意。

对于惠琴而言：

1. 她已经是老姑娘了，长得又不好看，再不嫁人就可能一辈子嫁不出去了。

2. 前几年她还是父母养家糊口的得力助手，可这几年副业不让搞了，不养蚕就不采桑，鸭、鹅、羊早就不让养了，家中只养了两只鸡，其中一只大芦花鸡几乎担负了西街头报晓的重要任务，惠琴在家就没什么事儿干，心里空落。

3. 弟妹们都长大了，生活上没有她照顾也能行。她不仅成了父母的心病，就连弟妹们也希望她早点嫁

芦花瑟瑟

出去。也莫怪弟妹们没良心，屋子实在太小了，妹妹至今和她挤在一张三尺宽的床，两个弟弟更是长期睡在灶门前的草堆上。

4. 梁支书虽说年纪大了些，可没有结过婚，她嫁过去不是做填房，而是呱呱叫的原配。

5. 也是最重要的一点，大饥荒已经来临了，家家户户都在发愁找吃的，江海平原一向是鱼米之乡，虽不至于挖草根剥树皮，但挖野菜、摸螺蚌是少不了的，谁不知道嫁给大队支书，至少落个勉强温饱，兴许还能多少接济点父母弟妹。

对于梁支书，一个四十多的半老头子能找到一个身材、相貌都还不错的三十出头的黄花闺女，又是过日子的好手，当然也是十分十分地满意。

梁支书的叔嫂奸情

梁光明晌午饭还没放下筷子，公社的交通小财宝跑来说：梁支书，快，潘书记叫你呢。光明赶紧抹了一下嘴跟着来到公社大院里。小财宝回过头说：你自个进去吧；小心点，潘书记好像在发脾气。

大脸庞的潘书记黑着脸坐在办公桌后的太师椅上，两只手撑着下巴，嘴巴上叼着一根烟喊道："把门给我关上！"

梁光明就将门关上，转身屁股刚要挨着办公桌前的竹椅上，潘书记吆喝说：你给我站起来！梁光明一个激灵，双脚一并，就是一个立正。

潘书记随即站了起来，隔着办公桌狠狠地抽了光明一记脆耳光。待要打第二下时，光明就闪开了。

光明说："财宝哥，我犯啥子错啦？我这不一向老实得很，没犯啥错啊。"

潘书记说："你还好意思说，我差点也要栽在你手里。"说着就拉开抽屉，将一封信扔在光明的脚下说：你自己看吧！

这是一封"人民来信"，信封上贴着县委人民来信办公室油印格子的白纸条，上写着：由光明公社党委调查研究处理，并将结果于一月内上报。信是用铅笔写的：

尊敬的县领导：

光明公社十二大队支部书记梁光明是个大流氓，长期与嫂通奸，他哥哥是工人阶级，梁光明长期把（霸）占工人阶级老婆，破坏工农关系，民粪（愤）极大。公社书记潘财宝是他后台，穿一个苦当（裤裆）。句句是实。

光明公社一社员

芦花瑟瑟

光明看完说："财宝哥，这都是没影儿的事，都是运动中得罪了人，有人栽赃陷害。"

潘书记忽地就大笑起来，笑得眼泪水都出来了。光明习惯了潘书记这种一会儿阴一会儿阳的作风，但办公室的气氛却由阴转晴了。

潘书记说："好啊！在我面前还装？我说兄弟，你那点烂事谁不知道啊！在我面前就别装了。不过在别人面前呢，你死活给我装好了。你挡不住别人的嘴，但要管住自己的嘴。别人说什么，你死活别松口。"

"财宝哥，我懂。"

"你懂？！谁让我摊上你这么一个没出息的兄弟。限你半个月时间处理好了，要不你这个大队支书就甭当了。"

光明说："是，是，是！"

潘书记说："滚，滚，滚！"

梁光明霜打茄子似的蔫头耷脑地回到家，躺在床上抽着烟。桂芬趋上前去问怎么啦，光明说："滚，滚，滚！我烦着呢！"

桂芬骂道："无缘无故，又作的什么死！"

晚上，桂芬安排孩子们睡着后就钻进了他被窝。光明仍然不吭气，三下五除二剥光了桂芬的衣服，操得上气不接下气，一脸一身一屁股的汗。

桂芬光屁股下了床，点着一根"飞马"烟，插在他嘴里。

光明吸了一口烟，喘着粗气叹着长气说："桂芬，咱们也要飞马了！"

桂芬说："什么意思？"

光明说："分手吧！你去上海找我哥去吧！"

桂芬将那支飞马烟从他嘴里拔出来，一下扔在地下骂："黑皮，好啊！好你个狗日的，当真是过河拆桥、拔屌无情的白眼狼！这话，你早十年怎么不说啊。现在说？晚啦！"

光明说："桂芬，你听我说，我现在是大队支书，管着两百多户人家，七八百口子人，担子比以前重多了。我要以身作则做榜样，榜样做不好，支书也就当不成。你说我这样的身子骨儿，庄稼活也不会，不当支书喝西北风啊！"

桂芬说："芝麻绿豆官，不当就不当。我有办法让你哥养着你和两个孩子。"

光明说："你说不当就不当啊，当官也有一个严肃性，不是你想当就能当，不想当就不当的，不当也有不当的说法。实话告诉你，今儿潘书记又收到一封人民来信，也不知道哪个写的，把咱俩的事揭发了。

潘书记找我谈了，说再不处理好就开除党籍，一撸到底。"

桂芬说："开除就开除，开除了我也不嫌弃你。"

光明说："开除事小，一旦官没了，老百姓就会作践你，将我俩剥光了衣服，光屁股游街。你不害怕啊？"

桂芬犹豫了，半晌说："那我俩去寻死，大不了上吊投河。"

光明说："孩子呢？"

桂芬藏在光明的怀里，咽咽地哭起来。

这一回光明搂着她，哄着她，揉着她，抖擞龙马精神，加了许多温柔又做了一回事。

第二天晚上，光明又向桂芬分析了去上海的种种好处，尤其是对孩子将来前途的好处。其实这都是明摆的事。

就凭这样的充分的理由，磨了三五天嘴皮子，桂芬终于被说通了。

桂芬问："什么时候让孩子认你爹？"

光明说："到死也不要说，一辈子就烂在我俩肚子里。"

桂芬说："那你那哥不早就心中有数了。"

光明说："我哥那人是阿弥陀佛的佛，我不说，你不说，他敢说？他能丢得起这人？他与小寡妇又没有生养，白得两个儿子，有啥不乐意的？"

桂芬说："你算把你哥算得透透的。"

光明说："毕竟当了这么多年的干部了，这点分析问题的能力还是有的。"

风雨夜，梁支书看望地主干娘

周李氏年轻时与周先生感情好得很，她这辈子共生养了七个儿女。大女儿在1944年嫁给了镇上一个豆腐店老板的大儿子；二女儿从小许配给表姐家的儿子，没等入洞房就生痨病去世了；三女儿先也是陪着母亲在家务农，因为实在太害怕这地主成分，跟着丈夫去了西北支边；大儿子大学毕业后分配在西安的一家兵工厂当工程师，每月都有钱寄回家，但年年不见人影儿；二儿子六年中考了五次大学也终究没录取，这阵儿正一个人在西北大沙漠里流浪呢；三儿子初师毕业，在乡下小学里教书。老头子已于去年春上饿死了，十口人的大家庭只剩下考不上高中的小女儿小芸守在眼跟前，所幸身子骨儿还硬朗。周李氏常让小芸给儿女们写信说："都别惦记娘，娘的命贱，有钱时

芦花瑟瑟

有福享不了，当下吃糠咽菜吧，身体却还好。你们各自在工作岗位上都跟着政府的政策跑，和娘划清界限。你们别想娘，娘也不想你们，下辈子转世投胎也不做一家人。"

1958年公社化后，周家被扫地出门。周李氏先是在批斗会上被打了五个耳刮子，打得眼冒金星，却看得清打她的是村长常新万。后来被关在一个黑屋子里三天三夜被蒙了脸，又挨了五个耳刮子，被踢了五脚跟。挨打的时候对方也不发声。周李氏数来数去这西街头也没有别的仇家，估计仍然是新万。

周李氏从黑屋子里放出来后，生产队安排她家住在野驼子家的一间草棚里。去年野驼子当了生产队的会计，划拉上了一个女驼子，要结婚了，生产队指定周李氏搬到方德礼家的一间瓦房子里。方家也就两间半房子，余下的一间半住了方家六口人。地主周李氏的住房条件倒是改善了一点点，富裕中农方德礼家却恶化了。和谁讲理去？但这事也怨不着周李氏，所以方惠琴与周李氏的关系一如既往地好。

那天是一个阴雨天，天已完全黑下来。没了桂芬和孩子们在跟前，梁光明心里没着没落。蓦地想起一件心事在身，就在大衣口袋里揣了几个两面馒头（白面与高粱面），披了一件雨衣从东街头走到西街头，瞧着前后没人就敲了周李氏的门。进屋对周李氏叫了一声："干娘，你老人家身子骨儿还好吧？"周李氏正戴着老花镜在煤油灯下补穷，赶紧摘了镜子站起来："这不是梁家老二吗，你怎么来了？"赶紧吩咐小芸烧水沏茶。光明说："别！我站着说一会话就走了。"

光明说："这几年你老遭罪了，你家的事我都知道，就是帮不上忙。这几个馒头赶紧收起来，瞧没人时和咱妹子偷偷吃了，千万别让人看见。"说着又掏出几斤碎粮票递给小芸："妹子，也把这收起来，贴补点饥荒。"

周李氏泪流满面，走上前去摸着光明的脸说："二黑皮，还是你良心好啊！"

小芸说："人家光明哥哥是十二大队的党支书，你怎么还叫二黑皮？"

周李氏说："看我记性越发差了，我也忘了你的官名叫什么了。"

光明说："干娘还是叫我二黑皮吧！二黑皮听了亲。"

二人嘘寒问暖一阵亲。周李氏问："我听我大女儿说你到现在还没成家，你今年有四十好几了吧？"

光明说："四十六了。半截子入土的人了，还成

芦花瑟瑟

什么家啊？"

周李氏说："二啊！你打小就是聪明人，聪明人不能老做糊涂事。现在还来得及，赶紧找上一个老姑娘，生上一男半女，真要到入土的那一天，好歹也有披麻戴孝的人。二啊，听干娘一句话，抓抓紧还来得及，糊里糊涂不是事儿啊！"

光明也就流泪抽噎了："干娘说的是！干娘说的是！二黑皮没出息，让干娘挂心了。"

周李氏回转头问小芸："茶怎么还没沏上来呢？"

小芸说："光明哥，冷锅冷灶，灶门口柴火也是潮的，一杯茶也端不上来啊！"

光明说："别烧了，别烧了，过来说说话。干娘，这多少年，我也一直想来看看你，可又不敢来。现在阶级的事抓得越来越紧。我来看你一眼，看你身子骨还可以就心安了，要不这几年来心上老发毛。"

周李氏说："我懂！我懂！我自己的几个亲儿子都不敢回家来看我，我能不知道这阶级的事？"

光明说："我也不敢久留了，你老自己保重吧。"说着就与周李氏抱了抱，与小芸拉拉手，又从口袋里掏出几块钱来，放在小芸的手心里："妹子，干娘就劳你费心照顾了。"

小芸死活不肯拿这钱，推推搡搡中，光明就闪出了门。无巧不巧就与进门的惠琴撞个正着。梁光明抬头看了看，认得这是"门槛精"家的大闺女，没敢打招呼就溜走了。

煤灯下，周李氏细说以往

梁光明是场面上的人，方惠琴当然认得："婶，这不是十二大队的梁支书吗？怎么来这儿啦？"

周李氏没敢搭话。惠琴又看见了桌上的几个两面馒头："哎唷！还有馒头！这么精贵的东西是他给的吧？这年头除了大队支书，谁家还有这吃喝。"

周李氏瞒不过去了："唉！这梁支书几年也不来看我一回，就一回还偏让你撞上了。惠琴呀，这事你可不能对外说，婶求你了。要外人知道了，害我是小事，可害了人家梁支书了。"

惠琴说："婶，我不是那号人。你就一百个放心吧！"

周李氏对惠琴也了解，既然惠琴保了证，也就有点宽了心，只是叮嘱她连父母弟妹们面前也不要讲，惠琴说"我懂"。周李氏塞了一个馒头给惠琴，惠琴要往家里带给弟妹吃。周李氏说："祖宗啊，这可

芦花瑟瑟

千万千万不能行，你还是自己吃了吧！"于是将大门关紧了，拴上门栓子，让惠琴嘴里咬着馒头，自己也掰了半拉子，将另一半拉子递给了小芸，这才开始讲故事。

"说起来，这个梁支书解放前还是我干儿子呢？如今这话千万说不得了——"

倒退二十多年，梁家也是三兴圩镇的一家财主。梁老爷子膝下有两个公子，都和老爷子一样的黑皮肤，大少爷叫黑豆，打小儿老实巴交，二少爷黑皮从小就聪明，是个机灵鬼，认了周李氏为干亲。日本人打过来之前，梁家斜对门住进来一户姓徐的广东人，这是小镇历史上唯一的一个广东人，专做白粉生意。广东客和梁老爷子抬头不见低头见，又都是茶馆里的常客，用不了多久就勾搭老爷子吸了白粉，父子全都染上了，把一个殷实的大家，吸没了，陆续卖光了土地又卖了房子，最后只剩下三小间低矮的瓦房。解放后，家业败光了的梁家理所当然被划为贫农。

贫农出身的黑皮恰好又与乡里的潘书记是发小。"发小"是北方人的说法，故乡人叫"摸卵子弟兄"。潘书记小名叫狗猴，大名叫潘财宝，年轻时是本镇镇长家的一个轿夫，谁知道他竟是新四军一个跑交通的。解放后镇长被枪毙了，潘财宝当了副区长兼乡书记。黑皮在潘书记的帮助下入团入党，当了乡里的团委副书记，工作能力挺强。人民公社化后，潘书记有心栽培这个"摸卵子弟兄"，他对黑皮说："黑皮，你跟了我这么多年了，也该锻炼出来了，有没有胆量为革命勇挑重担多做贡献啊？"黑皮说："哪有什么不敢的，财宝哥，你尽管吩咐。""那好，十二大队缺一个支书，你给我去当。"

　　黑皮可能因吸过白粉，肠胃有损伤，虽大鱼大肉地吃喝，就是不长膘，个头不低，人却精瘦。哥哥黑豆的命运比黑皮强，日本人上岸（家乡人的说法，指日本人打到三兴圩镇）那年（1943年）就跟着邻里曾家弟兄到上海一家造船厂当工人，解放后就成了工人阶级了，拿七八十元工资。黑豆的妻汤桂芬也是本镇人，黑豆因长年在外，又有几个钱，所以在上海勾搭上了一个小寡妇，逢年过节也不回家。桂芬在家守活寡，却有了一男一女两个孩子，大家都说这两个孩子其实是黑皮的，黑皮叔嫂通奸的事在家乡无人不知。一个屋檐下生活的叔嫂之间怎么会不发生点故事呢？发生了也是正常的。陈平还盗嫂呢，活生生的人哪有多少坐怀不乱、守身如玉的男女。当哥哥的黑豆对此心知肚明却不计较，有了这层关系才能安定团结，所以心甘情愿地吃挂落，每月按桂芬的要求寄钱回家贴

芦花瑟瑟

补日常开支，隔个一年半载地也回乡一次，带着大包小包的香烟、美酒及各种各样的上海货给黑皮，道一声"兄弟，辛苦你了"之类的客气话，儿女们喜滋滋地叫他一声爹。黑豆的心情虽是怪怪的，却不能捅破这层窗户纸。临走时还得千叮咛万嘱咐地拜托兄弟照顾好你嫂子和侄儿。

黑皮这一方呢？眼瞅着自己的儿女一天天长大了，从来也只叫"叔"而不能叫"爹"的。孩子还小当然不知情，自己心中就有辛酸。自打当了支书，更有了一份自重，也觉得是人生的一件大遗憾事。好歹也是场面上混的人，总不能这样不明不白地过一辈子。再说了，群众在背后指指戳戳，他当然是知道的，万一有一封人民来信写到上面去，这么大的官儿可就当不成了。

这不，人民来信就有了，不过还算好，最后转到了"摸卵子弟兄"潘书记的手里。

大饥荒，老姑娘终于出嫁

周李氏对方惠琴讲的故事并不包括梁光明叔嫂通奸之事，惠琴对此也并非一无所知，不过这件事对她并不重要。她说："我家有个亲戚也是十二大队的，梁支书的事我听说过，听说他与他那个嫂子已经离了。听我亲戚讲，这梁支书除了这档事，其他都还可以的。为人还不错，做事也有分寸。这年头能当上大队支书可算有出息了，好歹也能把肚子填饱了！"说话间就露出几分眼热。

周李氏看在眼里就动了心思，先让大女儿找梁光明打了底，再与惠琴说合，毫不费劲地就将红线牵上了。第二年麦收后就将事情将就办了。

惠琴嫁前的一个晚上，对两兄弟说：从明儿起，让小妹与妈睡，你俩就睡我床上，不用再打地铺了。大兄弟方惠民点点头，小兄弟方惠国竟欢呼着跳起来："明儿睡床了！明儿睡床了！"惠琴颇觉十分地寒心。

第二天，梁支书派了两个人来迎亲，聘礼坚持了乡俗，仍然有"四礼"——十斤大米、十斤面、两斤棉籽油、两斤红糖，外加哥哥黑豆从上海捎来的20元钱一个红包，嫂子桂芬捎来一身蓝印花布新衣服。"门槛精"与盘姑娘就觉得少了点，脸色不好看。惠琴说："现在是什么年月啊？知足吧！"说着，由娘帮着梳了梳头，换上新衣服，挟了个蓝印花布的包袱，跟着两个迎亲的头也不回地出门了。光明在公社大院摆了两桌酒，十二个大队的支书一个不落地落了

芦花瑟瑟

座，潘书记当了证婚人。

惠琴嫁过去后为梁支书生了一男两女。黑皮毕竟年岁大了，儿女都不很聪明，但除了大女儿有点弱智外，其余两个孩子还算过得去。梁支书抽大烟的身子哪经得起婚后的折腾，很快地油干灯草尽了，六十不到就翘了辫子。

惠琴守寡，至今四十多年了。想起黑皮支书生前对自己的好和对她娘家的好，一向无怨无悔。现今的惠琴早已儿孙满堂，家中也早已盖了三层小楼房，有很宽敞的院子，院子里又是鸡鸭成群。毕竟是劳动人民出身，八十多岁的老太太，满头银丝，满脸红光，身子骨硬朗得很。

我每次下乡都能见到她，她都要喊我到她家喝杯茶，留个饭。我叫她惠琴姨，她叫我大外甥。我说："惠琴姨，你是怎么保养的？怎么越老越好看？"惠琴朗声大笑道："你惠琴姨年轻时也不难看啊！"

章天与等姑娘

这老两口，住在四合院东北角的两间房。

老头子章天是一名老船工，七十多岁了，风烛残年，足不出户，长年蜗居在黑乎乎的小屋里。小屋原先是柴房，只有朝东的前门，没有后门也没有窗户，唯一的采光是屋顶那一格一尺多长半尺多宽的天窗。天窗斜下方的泥地面上搁着一张吃饭的方桌、两张条凳，还有一把破旧的木椅。章天从早到晚的大部分时间都坐在这把椅上，坐累了就蹲，蹲累了就坐，像只大猩猩似的，一手捧着一杆黄铜水烟台，一手擎着一根煤纸捻，水烟台咕噜咕噜地翻泡，老头子吭哧吭哧地咳嗽。如果不是两口子吵架，邻里们十天半月既看不到他的人影，也听不到他声音。

老婆叫等姑娘，很奇怪的名字，六十开外，杨二嫂一般细脚伶仃的好身材，细长胳膊细长腿，三寸金莲，山核桃一般的小脑袋架在细瘦细瘦的脖子上，脸庞很小也很圆，颧骨高，鼻子高，嘴巴往前拱出来，寡瘦寡瘦的脸像山核桃般布满了刀刻似的皱纹，那皱纹里又像涂了锅灰，一条一条有粗有细的墨线。

章天早就不能行船了。青壮年时过度的劳累夺取了他的健康，七十刚过，看上去倒有八九十。老两口膝下无儿女，没见过他们有什么亲戚来往，也没见过他们扛着锄头下过地。我那时八九岁了，始终搞不清楚他们是靠什么生活，日子过得清苦那是自然而必然，老两口的感情又早就出了问题，吃什么，说什么，全都不对路，隔上十天半月就一定会大吵一架。吵架的导火索不是为了咸，就是为了淡，有时为了一锅烧煳了的饭，有时为的是一根没洗干净的葱，更多的时候连这样的理由也是没有的。

上世纪五十年代初，农村没有收音机，两口子又都是文盲，不会看书看报，又早就过了骚情的年龄了，日子实在难熬啊！用等姑娘的话说就是"坐吃等死"。可不是吗？心里窘促得慌乱，于是，想吵就吵，说吵就吵了。

"天爷啊，天爷，这日子没法过！"等姑娘坐在灶前的小板凳上自怨自艾，眼角却瞟着她的老头子。

老头始终蹲在木椅上纹丝不动，那长格子的天窗刚好把一柱阳光射进来，形成了一根光束，屋内没风也没雨，却惹得无数的灰尘在光束中莫名地跳动着，光亮映照着章天蒿草般的枯发和杂乱的山羊胡，黑痴痴的脸泛着苍白的光。

"天爷啊，天爷，这个日子没法过了！"

"天爷啊，天爷，这个日子实在没法过了！"

等姑娘一遍一遍地喊着，老头子却无动静，于是一声高过一声地急躁了起来。几十声后终于传来老头子的回应："没法过，就去死！"

老头原本是打定主意不吭声的，却终于又没有忍得住婆娘的絮叨。他老是犯这样的错误，他实在心烦了，头也不抬地响应了一句。

"你以为我不敢死呀？我现在就死给你看。"

于是老头立刻无语了。他太了解他的老太婆，后悔刚才就不该搭她的话。

"你倒是说话呀！老不死的！"等姑娘似乎就占了上风，更是不依不饶了。

老头子仍然无语。于是等姑娘从灶前站了起来，走上前去夺下老头手中水烟台重重地往桌上一拍，将煤纸捻儿扔一地，双脚踩着踩着，双手使劲地晃开了老头子的胳膊，身子像小女人似的撒着娇，嘴子却像蛇信子一般毒。

"你个老不死的，你还在巴望着我死呀？你个老骨直棒啊！你说，你倒是说话呀？"

打定主意沉默的老头终于又一次地被激怒了，或是无奈了："你去死好了，投河、上吊，我不拦你！"老头厌恶地推开老婆的手。

等姑娘就像只等着这句话，马上接口嚷道："好啊！你个绝后代的，你要我死！你个失天火烧的，好啊，我死给你看！我去死，我去死！我这就去死！"

等姑娘立刻就泪如泉涌了，披头散发，夺门而出，一边大呼大叫着："我死给你看！我死给你看！""我知道你的，我死了你才称心！老龙桥楼子里那个老婊子还等着你呢！"

这兴许是指那遥远年代老头年轻时的风流史。老头当船工一辈子，穿江过海走码头，哪个年轻时没有一点浪漫故事。

等姑娘的两只手掌同时有节奏地使劲地拍打着屁股，如同"竹板那么一打啊"般的脆亮，身体像袋鼠般一蹦一跳地奔向后河边，后河离她家也不过五六十米远。几乎与此同时，河岸上已经拥上了许多人。等姑娘毅然甩脱了一个又一个乡亲们的拉劝，哭着，骂着，当真地迈进了河水里。

当然，这样的事情总是在夏天、晚春或初秋的季节里发生的，河水并不特别冷。等姑娘双手往身后拨拉着水，一步一步地走进了河中间。河水渐渐浸没了她的腿，浸没了她的腰，又淹着了她的胸，她渐渐地趔趄走不稳，再向前走的话就会站也站不稳了，于是她不再向前了。伊婆一个，在水中央，回过身来，泪水汪汪，面对着河岸上的越来越多看热闹的乡亲们，她嚎啕大哭起来。

"章天，你个老狗日的，没良心的东西，可怜我二十岁上跟了你，没有过过一天好日子！" "——年轻时谁不说我好看，嫩得像根葱，鲜得像朵花，给你糟蹋了四五十年，到老，到老，你不为奇我了，你个没良心的，你的良心给狗吃了，你要遭报应的，你个小老婆养的——" "我死了，看你一个人怎么活？我在阎罗王那边看着你——"

老头子早就不以为然，根本就没有赶出来，也就早已听不见。等姑娘是骂给乡亲们听的，人越多，她骂得越来劲。还有更好听、更难听、更有趣的话从等姑娘的嘴里流淌出来，有时也像诗，有时像山歌与傩戏回响在河岸，连场院里的鸡鸭都停了叫，树梢上的鸟儿也不鸣。

岸上围观的乡亲们全都七嘴八舌劝起来，但全都

不起作用。这时候一个外号叫"番瓜"[1]的后生从后面挤进来，对乡亲们说："你们靠后点，我来对付她。"兰姑娘说："好了，番瓜来啦，大家让一让，让番瓜站前面。"

番瓜还带着行头，手中执一只铜脸盆，随手折了一根杨树枝使劲地敲。他先是背对着河岸喊："大家快来看啊！大家快来瞧！我们西街头的大活宝等姑娘又要投河啦！"接着，他又转过身来面对着等姑娘："等姑娘啊！你骂得好听，你就出劲骂，一会淹死了，要骂就没得骂了！"

番瓜身旁站着几个调皮的后生，一齐喊："大家快来看啊！西街头的大活宝等姑娘又投河啦！"

在河中央的等姑娘气得眉毛竖起来："看，看你妈的逼，没见过你老娘投河。"

"等姑娘，你今年这是第八回了吧！"番瓜平心静气地问。

"哪有八回啊，只三回。"

"不，就是八回。你别耍赖。"

"五回，我明明记得是五回。"

"就算是五回吧！人家投一回河就死了，你都投五回了，怎么还不死呀？"

---

[1]　故乡人将"南瓜"叫作"番瓜"。

等姑娘在河中央翻白眼，心中在计算着今年这把戏玩了几回了，却总是算不清。

　　"这回总该死了罢！你要是这回再不死就比鬼还丑。"番瓜说。

　　"对！这回再不死就是窑子里的货！"几个后生一齐发喊。

　　这样的对骂有奇特的效果，等姑娘显然完全被转移了目标，原本莫名的悲愤转变为莫名的愤怒，她扬起剑眉，竖起凤眼对着岸上的番瓜骂：

　　"番瓜，你妈逼，你妈逼才是窑子里的货！"

　　"喂喂，等姑娘，你嘴上放干净点，小心我抽你大嘴巴子！"站在番瓜身旁的番瓜他妈发话了。

　　"哎唷！对不起，没看见老嫂子你也在啊。"

　　番瓜她妈说："你妈逼你个臭不要脸的，算啦，上来算啦！一天到晚装神弄鬼。"

　　等姑娘说："我这回是真要死啦！我不想活啦！"

　　番瓜她妈说："那你就死吧！你还指望章天用八人大轿来抬你啊？"

　　"看来，这回等姑娘是铁了心要死了。等姑娘，说句实在话，还是死了的好，死了死了，一死百了。"番瓜说。

　　"早死早超生！"

芦花瑟瑟

"你说死了好，你怎么就不死呢？"

"你能和我比吗？我年轻，有力气。你看你，脸像咸瓜子，谁能看上你？我那章天老叔也看不上你了吧？活着有嘛劲？"

番瓜与几个后生没心没肺、嬉皮笑脸地调侃着。

"我倒不死，我倒要活给你们这一班少死鬼看看。"

"还是死了的好！"

"放你妈的屁，你妈咋不死？"

骂着骂着，等姑娘就很快地爬上岸来，裹着湿透了的衣服，仍然是袋鼠般的跳跃，却不再拍打屁股，而将双手紧抱在胸前，加倍用劲地扭动着腰肢，冷得牙齿也不断地"嘚嘚嘚"地打磕，旋风般地向家走去。

每每在一只脚跨进门槛的瞬间，等姑娘都要回过头来对跟上来的人群大骂一声："看，看你娘个头。"说着两只脚就完全进了门槛，然后把门"啪"地一关。

外面的人群也就一声起哄，四散了。

半个钟头后，他家的烟囱就正常地冒起了一缕炊烟。

谁也说不清等姑娘一生中玩过多少次投河的把

戏，我就见过三四次，奇妙的是每次的程序差不多都一样。

但也有一次是不一样的。那天后晌，刚复员没几天的志愿军战斗英雄张富贵正好在家，一听说有人投河就赶来啦，分开人群，三步两步地走进河中央，二话没说就将等姑娘拦腰扛在肩上。等姑娘挣扎着说："富贵，你不要救我，让我去死。"富贵说："毛主席说了，人都要死的，有的人就比泰山重，有的人就比鸿毛轻。鸿毛是什么，你懂吗？"等姑娘在富贵的肩上骚着两只脚说我哪儿懂这些。富贵说："鸿毛就是鸡毛，你这样死就不如一根鸡毛。"等姑娘说："不如就不如吧，反正我要死。"富贵停下了脚步，很严肃："毛主席的话你听不听？"

等姑娘不敢说不听，终于安静了。

那些看热闹的后生们说："富贵，你傻不傻啊，等姑娘哪能就这样死了？"富贵也不吭声，等姑娘也不反驳，乖乖地让富贵像一只麻袋似的扛在肩上，扔进家里面。

投河的当天下午，直至晚上，就再也没见她家的门打开过，也听不到他家有任何声息。我觉得这死一般的寂静是比投河更可怕的了，总偷偷地从门缝往里看，黑洞洞的，什么也看不到，也什么没有再发生。

芦花瑟瑟

第二天一清早，就在我上学的时候，等姑娘也衣着整齐地，梳起油光可鉴的发髻，挎着竹篮子向街市上走去。

间或遇到了兰姑娘、番瓜她妈，或水琴他奶奶这些街坊邻居的老女人们。

"等姑娘，上街买菜呀！"

"去买只猪脚爪，老东西说肚子里油水寡，要啃猪脚爪了。"

"等姑娘，你也老大不小了，以后不要再搞这种作死作活的名堂精，怪怕人的！"番瓜他妈好心地开导她。

"怕什么，怕死还不革命了呢！"等姑娘潇洒地一笑，这话她也是刚跟富贵学的。

"你发的啥子人来疯？你还革命？你革的啥子命，革命能要你？"兰姑娘说。

"咋能不革呢？"等姑娘一边说着，一边扭动着水蛇般的身子向街市上走去。她的脚步快，总是走在我前面。

别看这个老女人的前相不怎么样，她的背影却是那么的苗条，那行走时扭动的腰肢，上下颠动的屁股，像流动的音乐，特有韵律，那么婀娜，那么美丽的！

四个女人的故事

没有尝过女人滋味的男人，你要是告诉他女人是有滋味的，他也许会点点头，也许还会眨巴眨巴眼，吧咂吧咂嘴，其实还是懵懵懂懂。只知道女人个头儿的高与低，眼睛大不大，漂亮不漂亮，对于"滋味"这个问题，多半只会露出一脸对未知领域的向往。

我的这个故事一下子讲了四个女人，全都是原汁原味的乡下女人，没有经过现代整形技术的修饰。当然，女人的故事总离不开男人，牵出这四个女人故事来的是一个男人，他的名字叫卢大海，我从小到大一直叫他大海叔。

宝姑娘

大海叔的原配宝姑娘，原先是个婊子。这在三兴

芦花瑟瑟

圩镇是个公开的秘密，但没人公开说，背地里说起来都是"这婊子不错！""是个好婊子啊！"。

先就说宝姑娘那个长相，瓜子脸儿，樱桃嘴儿，柳叶眉儿，身段儿高挑，那腰肢儿细得唷，喔唷唷唷！走起路来风摆荷叶般地轻盈，说起话来轻声细气，那声音就像天边那一镰弯月旁漫卷着的几叶纤云，遥远而分明地飘着。

如此这般的小鼻子小眼小嘴巴，一切都那么细细巧巧的美女子，三兴圩镇是长不出来的。三兴圩镇是长江北岸的小镇子，大江东去的惊涛浪花一入眼就只有汹涌豪迈的感觉，因有一万多里长的来头，要不怎么叫"万里长江"呢，那浪头总是后浪推前浪、一浪高一浪的巨浪，那风也是一阵劲过一阵的长风。这一点江南的太湖没法比。我是到过太湖的，太湖虽说有百里方圆，浪头却是你打过来我打过去的，雨是一丝一丝的，风是一片一片的。宝姑娘正是一个生于长于太湖边的地道的江南女子。俗话说"一方水土养育一方人"，那里的水乡泽国，一年四季迷漫着轻盈而迷蒙的水汽，由这样水汽凝成的女孩儿家有着超凡脱俗的清灵。所以呀，宝姑娘比三兴圩镇的女子细巧，长相细巧，声音细巧，性情更是细巧。

漂亮的人儿处处都不一样，苦命的人儿命运却都差不多，不外是天灾人祸、造化夺人、父母双亡、六亲无靠。宝姑娘也这样，打小儿没了父母，也没有兄弟姐妹，随着同乡的姐妹逃荒至桐州府，就落脚在老龙桥的"翠香楼"当了一名花妹子。那"翠香楼"所在的地域是桐州城东区的一个河运总码头，当然不是官宦士绅聚集的高档城区，却是桐州府一个最重要的农副产品的集散地，十分的繁华熙攘。"翠香楼"一样飞檐雕栋，三层的小楼背河而建，坐南朝北，前面临街，大海家的快船每天晌午就停在"翠香楼"楼下不远的码头边。

晌午的时分是婊子们最为慵懒的时刻。婊子是做夜工的，总是在这时分醒来，正在窗前慵懒梳妆，想着前世今生也好，想着欢娱夜短也好，托腮垂泪，想入非非，总之是人生多感触而动心思的时分。就在这样的时刻河面上传来青年船工的吆喝声，宝姑娘就有闲暇和心情推窗俯望，日光明晃晃地洒在河面上耀得人眼睛发花，揉揉眼就看见了那个二十出头的大小伙子扛着大麻袋子跃过甲板的身影，那跳跃的矫健身姿，日光下隆起的肌肉，收在眼里就扒不出来了。婊子们见惯了大烟鬼和老淫虫，蓦地看见如此青春的壮少年，又有哪个不动心的呢？"美哉！少年！""壮哉！少年！"这话就在心里喊了百十遍了。

大海的相貌确实不错，中等偏高一点的身材，虎背熊腰，紫棠色的阔脸儿，身上的肌肤却白练儿似的。宝姑娘后来与我娘成了最好的朋友，她对我娘说起过当初与大海恋爱的过程，她说她看见多回大海在河里洗身游水的模样就像《水浒传》里的"浪里白条"一般。我娘就说她有点痴，她说可不是吗，年轻的女人谁不痴呢！混在风月场当然不是个长远之计，只想找个模样好的后生赶紧地脱籍从良。

宝姑娘私下里对我娘也承认过是她用了心思勾引了大海，先是勾引他上了她的楼，又是勾引他上她的床，再是"二姑娘倒贴"，塞给他零花钱，给他买衣裳，给他买鸡丝雪菜面，给他吃桂花鸡蛋汤，三来两去，就知道他是一个老实木讷的人，没有什么花花肠。

"三言二拍"中有一名篇《卖油郎独占花魁》，旧时代中国的婊子们大多都有一种"卖油郎"情结（这与新时代大不同，新时代婊子们的情结是"傍大款"）。宝姑娘一厢情愿地以为大海就是她的"卖油郎"了，一样学着"花魁娘子"的样子拿出自己的积蓄赎了身，死心塌地跟着大海来到了三兴圩。

宝姑娘毕竟穷人家出身，有劳动人民的底色，一到乡间，装扮立刻改了。穿戴得清静雅致，不扎眼，加之天生丽质，疏眉淡眼，冒乎乎的生人完全看不出她有往日风月场的痕迹。宝姑娘的到来成了小镇轰动的新闻，四邻八舍的乡亲们借故到大海家串门，欣赏着这小镇上的外来妹。她的低调却不低俗的着装很快成为小镇的时尚，她的针线活、毛线活、绣活，也很快成为小镇闺蜜们的传习。

宝姑娘与大海叔如胶似漆地过了小二十年，为大海生了两个儿子，大儿子卢明与我的二舅舅一般大，小儿子卢义只比我大两三岁。宝姑娘虽也谈不上什么知书达理、齐眉举案、相夫教子，却真是一个一心一意守着丈夫孩子过日子的好女人。她对大海照顾得很好，把家治理得井井有条，与公婆、妯娌的关系融洽，与西街头的邻里们相处得极为和谐。她手头上又有点钱，逢年过节，都舍得散小钱买点精致的小礼品用作人际关系的润滑剂。只有人家欠她的人情，没有她欠人家的。西街头的人没有人不说她是个好女人的。背后说可惜了是个婊子，可这婊子人品与为人处世之道还是没得说的。我的外祖父是个真道学，那个李楞子是个假道学，可这真假两"道学"也没有说过宝姑娘的半个不好来。至于大海，更是越发将她宝贝似的宠着、爱着，真是捧在手里怕掉了，含在嘴里怕化了。宝姑娘在世之时，大海叔也是绝对守规矩的。

有时飘江过海十天半个月，伙计们拉着大海出去找乐子，大海也是坚决地摆摆手："不去不去。"伙计们赌咒发誓保守秘密，大海叔说："就那也不去！我要是去了，你们的宝嫂子知道了，会伤心得要死的。"

解放初宝姑娘生了肺痨。这在当时是一种极可怕的病，那时的乡间还没有"链霉素"，也没有"异烟肼"，没有什么药能对付得了它。宝姑娘打了多少针，吃了多少药也不见效，病恹恹地卧床一年多，终于一伸腿去了，丢下了两个孩子。那年卢明十五岁，卢义九岁。临终前，宝姑娘将明子和义子的小手抓住放在大海的手里，叮咛了又叮咛，嘱托了又嘱托。宝姑娘说："海猴啊，孩子太小，我走不上路啊！"又说："我走了，你就再讨个女人吧，只要对孩子好一点！"宝姑娘的手心滚烫滚烫，就像一把火，烧灼着大海的心。大男人卢大海泪如雨下，只会反复地说一句："你放心，你放心！你要走了，我就守着两个孩子过。"宝姑娘说："别这样，还是讨个女人好，别！"——就这样咽了气。

出殡的那天是个阴天，没有太阳，却也不下雨，天气特别阴冷。大海穿着白衣白帽的丧服，腰间捆着一根粗粗的稻草绳子，明子和义子也穿着白衣白帽的丧服，腰间也捆一根草绳，父子三人一只手扶着黑漆棺材，一只手撒着黄澄澄的纸钱，走一路，撒一路，哭一路，哭得悲天怆地，肝肠寸断。大海几次都哭晕在棺材边，爬起来眼睛也是直直的，全是白眼珠子，只会张着嘴巴哇啦哇啦地嚎。在场的乡人们无不感动得泪珠子纷纷掉，都说你看看卢大海这份情义，也说宝姑娘一生也算值了。

这个场景是我少年时所亲见。年纪虽然小，但已看了几本旧小说，知道一些老套的青楼女子从良的故事，为卢大海与宝姑娘所感动。按照旧小说的套路，想象大海叔的将来一定是父子相依为命，继承亡妻遗愿，含辛茹苦地将两个孩子抚养成人才是，那俩孩子说不定将来会金榜题名，一个中状元，一个中探花，宝姑娘能封个"诰命妇人"什么的。

小孩子么，想法总是很幼稚。

痴二姑娘

但谁也没有想到，宝姑娘一死，大海叔就变了一个人，不到半年的光景就续了弦了。原来呀！人死了，也就这么回事了。爱情对一个乡下人原也是不值什么的。那时候，乡下人的语言里也没有"爱情"这两个字。对于那些感情好的小两口，家乡人一般说：

瞧这两个轻骨头，粘上粘，得上得的；对于那些感情不好的小两口，一般也就说：五眼六撬，鸡皮搭不上鸭皮。

而就这半年内，大海叔也没闲着。

每逢刮风下雨的日子，快船往往无货可装，也无客可载。两个孩子上学去了，船工们都聚在自由自在的鲦夫卢大海家喝酒赌钱。要说，解放初的物资还是很丰富的，只要有钱，市面上什么都有卖的。船工们手上有活钱，吃喝比一般的农民阔气多了，大碗的肉，大碗的鱼，红的猪血，白的豆腐，粗瓷大碗洒满了农家自酿的老白酒。

每每在前半晌就从大门堂偷偷地溜进来一个挎着竹篮子的中年妇女，打着一把油布伞，半遮着脸面，飞快地穿过外祖母家的院子从后门溜进了大海家，船工们一齐发一声喊：

"哇！痴二姑娘来啦！你可真会赶场子！"

这个被称作"痴二姑娘"的女人三十出头，一米半左右的身高，起码也有一百二三十斤的体重，大蛤蟆般的身子配了一张大蛤蟆般的脸，大蛤蟆脸上镶着一双小眯细眼，塌鼻子，蛤蟆嘴，长长扁扁，是方圆数里的"丑女冠军王"，所以也嫁不出去。痴二姑娘为今天的约会特意穿了一件干净的蓝印花布的衫和黑平布的裤，头发抹了桂花油，身上洒了花露水，脸上拍了香喷喷的粉。

从这"痴二姑娘"进门起，大海家的气氛就越发火热了起来。大海他爹卢老板喊："痴二姑娘，来就来了吧！来，坐你爹腿上！"大海喊道："痴二姑娘，过来，让你哥摸一下奶子。"纤夫的班头儿焕猴喊道："痴二姑娘，过来，跟你哥做个香。"

痴二姑娘真乖，顺从地靠了上去，坐在某一个船工的腿上，半自动地将衣襟松松，让那些船工们挨个儿地摸上一把，亲上一口，一只手夹起筷子吃鱼肉，放下筷子端酒杯，另一只手却伸进船工们的裤袋里，隔着衣服摸船工们的身体，顺手就将他们裤袋里的几张散纸连同钢镚儿全装进了自家的口袋里。一个船工将她的屁股掐痛了，痴二姑娘杀猪般地叫起来，船工们笑得越发欢畅了。酒到酣处，就有个别的船工玩得不像话，将她的裤子也褪下来，也有人骑上了她的身子。而那个"痴二姑娘"到最后一刻却总能保护自己，往往大发雌威，将他们一个个掀翻在地，一边提着裤子，一边破口大骂："都是一群龟儿子，不管做爷的还是做儿子的，做老板的还是做伙计的，都是强盗土匪，要沾老娘的光，先给老娘盖三间瓦房，就随了你们的愿，否则休想占老娘的便宜。"

芦花瑟瑟

"滚！你个不识好歹的臭货，还三间瓦房呢？"船工们也就是闹着玩，并不想真与她干事。

　　船工们骂她，她也骂船工们，船工的骂伤着了她的自尊心。"痴二姑娘"提着竹篮子走出后门，撑油布伞的同时顺手就将屋檐下挂着的腊肉、咸鱼、封鸡往篮子里装。只听见大海叔在里屋喊道："痴二姑娘，你给我留点！"痴二姑娘喊着："就不给留，让你们这帮龟儿子吃屁去。"其实她只拿了一点点。

　　屋里的船工们全不当回事，略事收拾，就摆开了赌场。

　　我在外祖母家的屋檐下看见痴二姑娘走出去时的神态，龇牙咧嘴，凤眼圆睁，骂声不绝，那种受了伤害后的愤怒的表情分明都写在脸上。总是以为这一回她真的伤着了，这以后是不会再来了。

　　可是在下一个阴雨天，"痴二姑娘"又准时地出现在大海叔的家中，情节基本相同的故事又重复地演出着。

　　我将这新闻告诉外祖母：你看，痴二姑娘又来了。

　　外祖母忙着手中的活，发话说："不许去看，不要理她，她就是个贱骨头。"

　　我问外祖母："大海叔也是贱骨头吗？"

外祖母说："他是男人，他是轻骨头！宝姑娘才死几天啊，他骨头只有四两重。"

"那大海叔的爹呢？"

"他是贼骨头！老贼骨头！"外祖母加重了语气随口骂道。

我至今也搞不清贱骨头、轻骨头、贼骨头、老贼骨头有多大的区别，心上却十分佩服外祖母，骂人也好，评价一个人也好，那是要讲究一个"层次"的。

月琴姑娘

大海叔续弦后，船工们的消闲酒吧就挪窝设在了焕猴家，就是那个喜欢放鹞子的焕猴，当然那时焕猴还没结婚。那个乡下女浪荡"痴二姑娘"就改到那儿去混吃混喝了。

大海的后妻薛月琴，是薛家埭人。那个庄子我去过，哇！真是好风景啊。离西街头不足三里地，仅只七八户人家，都姓薛，可能几辈祖上都是一家人。三面有房，围成一个很大的院子；四面环水，南面有一条土埂通向庄外；溪水碧绿清澄，水中游鱼涟涟；两岸茂林修竹，庄稼与果树按季节次第开放着各色的花，杏花白，桃花红，油菜花儿一片金黄黄，墙角边的紫红色的鸡冠花儿有半人高。这儿才是正儿八经的乡下，家家户户都是祖宗八辈种地出身，相乐融融地一起生活了几百年。多么好的和谐社会啊，却也无端分成了贫农、中农、上中农。还好，薛家垓上没有富农与地主，所以也就没有阶级敌人啦。那里的男人女人们一个一个都是种地的好把式，连七八岁的小孩子都已表现出勤劳能干了。

月琴姑娘三十五六，人高马大，宽脸庞，阔肩膀，比大海叔还高出半个头，有的是力气，好一手庄稼活！一陇麦子割到头都用不着直一下腰，百二十斤重的担子搁在肩上，旋风般地走上几里路也不喘气。

月琴是个寡妇，有个拖油瓶的女儿，叫桃红。月琴嫁过来的时候，小桃红年方八九岁，已经家务活儿什么都会干，但争强好胜，又蛮又谗但不懒，穿衣、吃饭、花钱，事事都占先。于是，在儿子和后娘之间，在既不同父也不同母的兄妹之间，战争就不可避免地发生了。愈演愈烈，愈演愈频，真是过七八天又来一次。也不知道这个小桃红有什么样的鬼心眼子，每次争吵都是她挑起的，每次争吵却都是以她的胜利而告终。明子是个聪明人，义子是个老实人，他们合起来也不是既聪明又刁钻的小桃红的对手。月琴当然站在女儿一边，大海却只能站在月琴的一边。明子、义子两兄弟倍感凄凉与孤单，最后，这个家庭终于瓦解了，两兄弟分出去单过了。

别看这个卢大海相貌堂堂，其实是一个没有立场的人，家乡人将这类男人称作为"面拖蟹"[1]。"面拖蟹"般的大男人卢大海在这场战争中注定了只能充当两头受气的角色。一边是亲生的儿子，他们失去了母亲，大海可怜他们，对他们也有责任，想起宝姑娘的临终嘱托，也觉得对不起他们；但另一边呢，是新婚燕尔的后妻，勤劳勇敢泼辣，那地里的活计，床上的功夫，他都远远不是她的对手。大海怕她的成分胜过爱她的成分，恋她的成分又胜过怕她的成分。

大海人至中年，身体又是那么的健壮，正如狼似豹，月琴姑娘也是"坐地吸虎"的年纪，且旷居日久，虽说男女之间的那点事是不能当饭吃，可这一对二婚头夫妇却是烈火干柴，一点就着。

当初大海与宝姑娘在一起时，宝姑娘毕竟知风晓月，是一个细里细气的女人，情调是一定要讲究一点的，一定要先漱口洗脸洗脚洗屁股，脱掉汗渍渍、脏兮兮的外衣，换上带有太阳香气的内衣，往往还要吹灭了美孚灯，另点上一支红蜡烛，拥在被窝里，慢慢

【1】"面拖蟹"是家乡的一道风味小吃，小螃蟹清洗后加五色调料、葱末姜末、用面粉加蛋清的糊拖了，放在油里用文火慢慢地炸，外脆内松。

芦花瑟瑟

褪衣，慢慢入巷，即使是粗人的大海在这样的气氛下也很自然地产生出一种怜香惜玉的情绪，总照顾着宝姑娘的感受，从不敢撒开了粗野。就像改革开放初期的内地人一过了罗湖桥就不敢随地吐痰一样。文明真是文明了，就是不撒泼。大海叔也一样，常常出不了汗使不上劲。谁知道这辈子他又遇上月琴了，情调完全变了，想这事时，衣服一脱，立马提枪上阵，双方都各自顾自地往死里整，完全不考虑对方，也打也掐，自己尽兴了对方也尽兴了。

大海本质上是一个粗人，宝姑娘让他细巧了，让他文雅了，那是伪了十多年的"装"；月琴则让他"假的就是假的，伪装必须剥去"，回归本色，每次都使上急流险滩撑篙子的劲，每次都流出一头一脸一屁股的汗。日子一长，大海对月琴的感觉竟比当初对宝姑娘还要难舍难分。

再说了，土改时大海叔分的几亩田地一直荒着，自从月琴姑娘进了门，就将田地拾掇得跟绣花似的，四时八节有新鲜的时蔬，夏秋两季收获的粮食用大缸子装着吃不完。庄稼地里的活从来也不用大海去帮忙，这母女俩就全包了。

大海过着这样惬意的日子，也就不肯为了前妻的两个孩子得罪他的新伴侣。他在大门堂的南侧搞到一间房，两个儿子带着对母亲的思念，对父亲和继母的仇恨搬出去单过了。

邻里们都是有正义感的，只要一有机会就全都数落着大海叔的不是。

兰姑娘说："大海，你看看，你看看，你怎对得起死去的宝姑娘啊？"

大海双手一摊："你叫我有什么办法？"

隔壁李楞子说："老古话说得一点不错，有了晚娘，就有了晚爷。"

每逢这样的时刻，大海就不敢接话，脚底抹油，悻悻地溜走了，任凭乡亲们的唾沫星子在背后喷过来。

大凤姑娘

大海的四弟泉猴与大海的年龄相差十多岁，新媳妇大凤姑娘虽然前年刚进门，但因为行为端正，办事公道，于是在大家庭与邻里间很有威信。对于大海的行为，父母及兄弟们都无可奈何，唯有大凤姑娘打抱不平，当面骂大伯子："你就不是个男人！"

大海涎着脸笑着说："他婶子啊，往后那俩孩子拜托你多照顾了。"大凤姑娘恨恨地说："这屁就不

芦花瑟瑟

用你来放！"大凤见天见天地帮这兄弟俩料理日常生活，收拾屋子，拆洗被褥，家里一有了好吃的就把兄弟俩叫了去。泉猴是个仁义人，打小又是宝姑娘看着长大的，得到长嫂的恩惠与照顾很多，所以对于自己媳妇所做的都支持。明子与义子兄弟俩失去了母爱，失去了父爱，却在年轻的婶娘那儿意外地得到了一份母爱，自然而然地很依恋。

那年，大凤姑娘不过二十五六的年岁，浑身上下就像刚出笼的精白面大包子。高个子、粗腰、丰乳肥臀、一对凤眼、两道剑眉，一看就知道是个侠义女人。常穿一件阴丹士林褂子，黑平布肥裤脚的裤子，说话脆辣，做事爽快。大凤这样的女人与死去的宝姑娘真是鲜明对比，她才是一个三兴圩镇自产自销的女人，带有宽阔长江的大浪头和又浓又重的水汽。

明子少年丧母，自然比一般人家孩子懂事早。这孩子身子板羸弱，高挑白皙，眉眼间遗传了母亲的风韵。那时他读小学五年级，成绩在班上始终前三名。不爱运动，唯一的爱好是阅读文学书籍，还不是一般的小说，而是诗歌；还不是一般的诗歌，不是唐诗、宋词、元曲什么的，而是外国诗，是那些雪莱、拜伦、海涅的外国诗，这些外国诗里也有花儿、朵儿、月儿、云儿一般的柔情，却又有高山、大海、长剑、骑士一般的豪迈。只有既读过中国诗也读过外国诗的，才知道这两者是真正不一样的。

大凤姑娘自己只上了初小，没有读过多少书，心里却着实喜欢读书人。她常表示自己当年的学习成绩也是蛮好的，不是自己不想念，而是父母不让念；不是自己成绩不好，而是没那个福分。有这样的心情，冷眼旁观明子读书与谈吐，心中就认定了明子是人才。兰姑娘说什么她家小凤儿是"破窑里烧出来的好砖头"，那才哪儿到哪儿啊！真正"破窑里烧出来的好砖头"一准儿是我们家的明子。

转眼间，明子就不费力地考上了城里的初中，又不费力地入了青年团，还当了班上团支书，每个学期都有"三好生"的奖状带回家。

就在明子初二的那年，一件令大凤姑娘一直担心的事终于发生了。从母亲那儿传染上的肺结核病大发了，明子不得不休学回家。这一休就休到底了，再也没能回到学校里。

休学在家养病的日子，是大凤姑娘服侍他的。大凤姑娘不怕嫌疑，不怕传染，精心侍候大侄儿。所幸这时治肺结核的特效药在乡间也已经有了，经过长达两年的治疗，明子渐渐地好了。明子拉着大凤姑娘的手说："婶，我这一辈子一定要报答你的大恩大德！"大凤姑娘大受感动："快别这样说，都一家人，你就把我看成你妈好了。"她说这话时自己也觉脸红，她不过比明子大七八岁。

病虽好了，明子也快二十了。自己觉得二十岁的男人怎么可能再坐在初中的教室里呢，于是放弃了复学的打算。那时的农村，初中生是个宝，明子很轻易地当上大队会计，不久又兼职社办工厂的会计。他为人谦和，明白事理，社员干部们全都说明子是棵好苗子。又两年，明子入了党，兼职会计就变成正式厂长了。乡下一个社办工厂的厂长是很有威势的，有得吃喝事小，重要的是能够帮助亲戚朋友办事，所以很有人巴结。乡邻们凡有事求明子，都必先求大凤姑娘。求人办事当然得说好话，大凤姑娘的耳朵里就灌满了乡亲们对明子的赞美。

但是，大凤姑娘仍然觉得很失落，常说："要不是那场大病，我们家明子本来是能成大事的。"有人就问："凤姑娘，你说的大事究竟指什么呀？"她说："要是念书呢，就得像周李氏家的大外孙似的上清华，不上清华也得上北大；要是当官呢，就是当县长，不当县长也得当区长，总之得比咱们公社的潘书记强一点。"

据说这话传到潘书记的耳朵里，潘书记说："扯她娘的臊，老子可是打过游击的。"

凤姑娘人前人后絮叨不停，都快赶上祥林嫂了。

她哪儿知道，那个年代的年轻人，哪有什么人有好出息啊？就拿周李氏家的大外孙来说吧，清华毕业后赶上"四个面向"，分在西北的小厂子，背井离乡不说，就那厂子的规模还没有明子的厂子大呢！

芦花瑟瑟

兰姑娘和她的一家人

这一家子有点复杂。三姓四口人，家主邱兰姑娘，儿子张富贵是与前夫生的，前夫病死后招赘了费平，生了个女儿费玉凤。

麻脸儿男与烂眼猫女

费平是个麻子，解放初时已经小五十了。旧时的中国农村不是很懂得人格尊严的道理，往往就将人的身体缺陷当作名字的不可分割部分连在一起叫了，比如瞎子、脚子（瘸子）、聋子、驼子、光郎头（秃子）、矮脚鬼、撑门杠子（高个子）——费平就被乡亲们叫作"费平麻子"了。

"麻子"粗分有白麻子和黑麻子两个品种。白麻子与肤色的反差较小，相对好看一些。费平是黑麻子，麻豆深凹且稠密，焦黄的猫形脸庞上星罗棋布地布满了黑色的坑，一直布到耳朵根，人长得丑陋自然就不必说了，丑陋之中就又有一种凶恶。

人啊！真正是不可貌相的。其实费平叔的脾气顶顶好，一点也不凶。凡兰姑娘不在现场时，乡亲们喊"费平麻子"，他蛮自在地笑嘻嘻地顺口答应着，从不置闲气。

费平叔以拉黄包车为业，春夏秋三季总穿一件被汗水浸得斑驳发黄的白平布的无袖有兜的对襟开衫，腰间勒上一根用黄麻自搓的绳子，穿一双黄麻底草鞋，车垫子下却备着一双八成新的青布鞋和一件半新不旧的蓝平布的褂子，甚至还有一顶藏青色的直贡呢瓜皮帽。这些"高档"行头平日里当然是舍不得穿戴的，只是在拉上有身份的客人或是拉新娘子时，费平叔都会自觉地穿戴得干净整齐，为主家增加一点喜庆气氛，也巴望着能额外得到一份赏钱。

旧时的农村也并没有什么"小费""红包"之类的说法，赏钱就是赏钱，给多给少是一回事，给不给关乎到喜事在身的主家的脸面，也就基本上没有不给的，也就没有什么不好意思拿的。客气话当然必需的，车夫说一声"先生（或太太）你太客气了"，对方则回一声"应该的，应该的"。这也不是虚伪与客套，而是规矩。车夫背转身去，走到主家看不到的地方就会马上去数钞票，多了少了都无可计较，一般也都有一时一地的行情。多一点是客气与厚道，少一点也可以，少得太多了，那是要被乡亲们背后戳脊梁骨的。

费平叔的人物形象与职业使我老拿他与老舍先生笔下的"骆驼祥子"相比较。当然"骆驼祥子"也有老的时候，但读者们的印象往往就锁定在祥子与虎妞好的那一段年轻时光里。那么年轻健壮的祥子，臂和胸都有汗津津的肌肉，这才有将洋车拉得飞快的场面，这才吃得了拉洋车的这份劳苦。而我记忆中的费平叔就一直是瘦肉骨感型，腿长长的，一点也不粗壮；手臂也是长长的，当然越发细；个头儿挺高，脑袋却小，胸也是扁平的。费平叔拉黄包车时的姿势也很可笑，像高跳步般地跳着奔跑着，就像秋天里的番瓜叶面上一只羸弱的老螳螂在跳。

费平叔既不是拉车的身材，更过了拉车的年纪。出上一趟车回来，坐在那儿喘粗气半天也缓不过来。没有力气拉的什么黄包车啊？因何不种地呢？土改时他家的成分也是正儿八经的贫农，也分了不少地，可就是不好好种。他也确实种不好，再说种地与拉黄包车的收入也根本没法比。

于是，兰姑娘与费平一度就动脑筋想将地租出去。想租地的人有的是，薛家埭上所有的农户都是好庄稼把式，全都觉得地不够种，发华叔与让其老爹与他们联系好多日子了，巴望着西街头像兰姑娘、大金叔、李楞子这样一些半吊子的农民将土地出租给他们种呢。

"那可不行！"村长常新万郑重其事地说，"费平麻子，你要将地出租就是犯了政策犯了罪，你可别牵连上我这个当小村长的。"

兰姑娘问："罪能有多大？"

新万说："起码也得蹲个三五年吧！"

费平叔吐吐舌头说："这么厉害？不至于吧！照你这么说就只能让地荒着？"

新万说："荒着好，荒着好，荒着大家都安生，好！"

兰姑娘是个袖珍小女人，个子矮小得过了分，她要是和费平叔站一起，一个就是根号3，一个就是根号2。农民当然不懂得什么根号，只知道这两口子身材实在太不般配啦。兰姑娘脸模子长得还可以，五官也端正，皮肤特别白，可就是长年害眼病，怕光怕风，眼睛始终睁不大，眸子总是猩红的，乡人们叫她"烂眼猫儿"。那可只敢在背后叫，谁要一不小心当面说溜了嘴，不管是谁，兰姑娘开口就骂："烂，烂，烂你妈的逼。"

兰姑娘对他男人直呼为"麻子"，在与老姐儿们聊天时则称"我家麻子"，这是她专用的爱称。她绝不允许乡人们叫"费平麻子"，偶尔有后生家当她的面这样叫了，她会冲上来大喊："麻子也是你叫的，再叫撕烂你的嘴。"后生慑于兰姑娘的气势，无不立马当面道歉，摸着自己的脸颊说："看我这张臭嘴！对不起，对不起！"倒是费平在一旁说："叫就叫吧，我本来就是麻子么。"兰姑娘说："那也不许，你没有名字啊？你给我自己端尊重了。"

兰姑娘，这个自身就有身体缺陷的女人很懂得维护自己与她男人的人格尊严啊！这样的女人在旧时的乡间是不多见的。仅凭这一点，这两口子在乡下也是有名望的人物。

这不，我在下文中也正儿八经用他们的大名了。

长相善良的兰姑娘嘴巴子真很凶啊！嘴巴子很凶的兰姑娘其实也仍然是善良的。只要在与谈得来的邻居聊天时，或是在看见所喜爱的邻居家的小孩时，她就总会露出灿烂的笑靥，那一对猩红的小眸子，闪烁着无限善良的星光。

兰姑娘与前夫生的儿子张富贵，刚一解放就参了军。又赶上了抗美援朝，就当了志愿军入了朝鲜。据说富贵在朝鲜是着实打过几场大战的，富贵打仗很勇敢，拼过刺刀，杀过几个美国鬼子和李承晚伪军，还活捉过俘虏，于是立功受奖。部队上连续几年都有奖状、喜报、慰问信之类的寄回家里来。

部队上的这些荣誉证书总是通过乡政府转交的，目的是要造成"一人光荣，全家光荣"的声势。所以兰姑娘在乡里很风光，费平叔当然跟着沾光。又是贫农，又是军属，又是战斗英雄的二老，两口子确实觉得自己在乡亲们面前很拉风。他们家那斑驳破旧的门板上一年三百六十五天都贴着"光荣人家"的红条子，有很多条，前年的、大前年的，去年的、今年的，年年都被刻意保留着。夫妻俩也常常在乡里的各种拥军优属活动中出头露脸，披红戴花，每次都被邀请上台讲讲话。讲话的总是男人，兰姑娘也很老练地并排坐在主席台上。

费平叔做的报告开头总是"老三句"：

"我不会说话，张富贵不是我养的，可我是他爹。"

台上的领导和台下的群众就开始笑了，领导拿起话筒向群众作一番解释，解释完了再表扬："费平同志是个老实同志，不会玩虚花头。"于是又有人喊口号："向军属学习！""向志愿军战斗英雄的母亲学习！"。

接着，费平又说："张富贵是我看着他从小长大的，一小儿就是个杀胚，饭量大，力气大，不怕死！"台上台下又是一片笑。请诸位读者别误会了，这里的"杀胚"不是贬义词，是夸奖他打小儿就勇敢。

费平叔接着说："这一回我家张富贵是薛仁贵征东，白袍小将啊，我都不敢再当他爹了。"

兰姑娘一旁板着脸，一本正经地插话说："我是他娘，你就是他爹！有什么不敢当的？"

会场上笑得人仰马翻，拥军优属的轻松愉快的气氛就出来了。乡领导们见识明，所以这类活动都阵阵不离穆桂英。

破窑里烧出的好砖头

费平与兰姑娘的亲生女儿玉凤，是我最熟悉的儿时伙伴，比我大两岁，又是小学同班同学。那时的小凤儿个头儿就已经比我高半个头，扎两条羊角辫子，跟费平叔一个模子的猫脸，但没有麻子，油光水滑，水灵灵的大眼睛。

也不知从何时起，小凤儿的胸脯就鼓起来了，走起路来一阵风，声音银铃一般，望着男孩子时永远是一副兴奋的神情，永远是一串"嘎嘎嘎"的痴笑，笑过一阵，伸了舌头做个鬼脸儿。没心没肺，似乎从来也不考虑什么话该讲不该讲，也不知道羞怯与拘束。两口子对这个唯一的亲生女儿好吃好穿地养着，视若掌上明珠，呵护备至，无限自豪。

　　"你家凤儿长得真好看！"邻人走过门前常会有心无心地奉承兰姑娘。

　　"可不，这闺女也不知道随了谁，我和我家麻子都没有这样好看的。"兰姑娘立刻笑眯了眼睛回应道。

　　邻人说："取了你们两个人的优点。"

　　兰姑娘说："你也看出来了！就是说唔！破窑里烧出好砖头来了，为我和我家麻子翻本呢！谁想得到呢！"兰姑娘毫不掩饰那副老母鸡生蛋后的得意、夸张的神情。

　　西街头是出产名言的地方，兰姑娘的这句"破窑里烧出的好砖头"流传最广，联系到爹是麻脸儿，娘是烂眼猫，这句话确实很贴切。

　　小凤儿上学放学的路上，不断有邻人指着说："瞧！这不就是费平麻子家破窑里烧出来的好砖头

嘛！"有人认为凤儿长得确实水灵，有人认为也就一般，谁家女孩子年轻时不水灵呢？

尽管富贵给他们带来那么多的光荣，但在他们的心中却再也没有什么比得上"破窑里烧出来的好砖头"那样令他们幸福与自豪，他们的心中其实早已没有张富贵，只有费玉凤。

小凤儿人挺聪明的，但不用功。早熟的身体和小家子女子的轻浮气质，使她从小学五六年级起就开始受到年轻男教师和大龄男生们的骚扰，别人骚扰她，她也骚扰别人。比如说吧，那些下作的男生总装着不小心似的蹭她的胸，她居然不躲闪，立即不假思索地伸手去摸人家的裤裆；男生骂下流话，她也毫不客气地回敬下流话。我有时在一旁实在听不下去了就骂她："你要不要脸？"她对我的话从不回击，但很在意，有时竟然眼泪汪汪的，让我感到莫名其妙。

说白了，小凤儿和我小时候的交往多，我们之间也确实有过那么一点点特殊的感情，也不知道这是否就是传说中的"青梅竹马"了。

六年中，我们沿着同一条路一起上学放学。我的书当然读得比她好很多，她常问我问题抄我的作业。无数个融融的冬日，我们在她家的前屋一起踢毽子，在外祖母家的场院打弹子、甩铜板。也曾一起踩着雪地，跃过小溪去挑荠菜。夏夜的蛙声蝉鸣中，我们摩肩贴背地坐在孙大爷家场院听说书。蚊子叮上了脸、脖子或手臂、腿，自己没看见，身旁的她或他看见了，一个大巴掌拍下去，然后兴奋地把手掌摊着给你看，掌心里一只黑色的大蚊子的残骸和一摊鲜红的血，相视笑一笑，心里就很温馨。有时也会就势说你给我抓抓痒，有时隔着衣服不止痒，也将衣服掀起来，从来不知道有男女"授受不亲"这四个字。也不知道有多少个下午，壮着胆子到袁和尚家斜对面的乱坟场去捉萤火虫、捉蟋蟀、拔茅针。"茅针"这玩意儿是什么，我直到现在仍然说不明白。它是一种草尖上的一根芯，就像竹芯一般，将它啜在嘴里只有极少极少很淡很淡的甜味儿，就像我们的童年生活一样。有时玩着玩着就变了天，黄昏且阴雨的乱坟场，极恐怖极刺激，说不定脚下会不经意地踢出一根白骨来，也可能突然间发现不远处有一条青蛇正蜿蜒地游弋，间或又从蒿草丛中窜过一只野兔或是田鼠，一道白光倏忽间就消失了，都引起我们一阵"鬼来了"的尖叫与恐惧，于是拔脚就往回奔跑。直跑到那三角地袁和尚的窝棚前才停下脚来。每每在这时候，袁和尚早就闻声而出，站在他家的茅屋前迎候着尖叫着的我们说："孩子，别怕，哪有什么鬼呀！人还怕不过来

芦花瑟瑟

呢，怕什么鬼！"平常的一个人，淡淡的一句话，我们就仿佛从鬼域回到了人间。尽管，袁和尚自身的形象也如同无常鬼一般的，长长细细的身躯上顶着一个鸭蛋形的光脑袋，穿一袭遮着脚面的破长衫，袁和尚家的窗户透出的一豆灯火也如同鬼火一般半明半昏，然而我们的心却安定了，"无常"般的袁和尚就好像是阴阳两界的一个门卫。于是，我们在他家的窝棚里喘上一口气，喝上一口他端上来的粗茶，这才缓缓地牵手回家——

虽说，小凤儿是我唯一的"青梅竹马"，但我们却从来没有玩过什么"过家家"。唯一的暧昧发生在我在她家踢毽子的时候，我是踢毽子的能手，我在踢，小凤儿在旁边给我数着数，兰姑娘在一旁看着。有一次我一下子踢到242个（这个数字我终生不会忘）才飞了，息下来，喘着气，兰姑娘拿了一条白毛巾上来擦拭我额头上的汗，说道："乖乖隆的咚，瞧这孩子能的，我家凤儿给你做媳妇儿好不好？"我一笑，脸一下子就红了，没有回答。我瞧见兰姑娘的猩红眸子里又一次闪动着无限灿烂的星光，令我惊奇令我感动。小凤儿却一点也不害臊，这小不要脸的居然摇着我的手说："你说要不要啊？"我甩开她的手骂："你是个痴的。"说完就一溜烟地跑了。从此，她娘和她的话就记在我的心里了，虽然并不知道它的真正含意，却肯定是极大的好心和善意。

小学毕业后，我考上正规初中，离开家乡上学去了，从此，我们就再也没有在一起玩过。后来，偶尔在街面上碰见过几次，也不说话，远远地隔着对看几眼。大家都大人了，全没了儿时的感觉，却打听着彼此的消息。

小凤儿正规中学是考不取的，辍学了两年，第三年考取了另外一个小镇上的一所农中。凤儿这样的女孩，虽是穷人家出身，从小却太娇生惯养，很单纯，好吃懒做，也不懂得世道人心。不久就传闻她让农中校长给勾搭上了，肚子弄大了。街坊邻居在背后指指戳戳，有人就说啦：我早说过废品（费平）窑子能烧出什么好砖头？这姑娘一小儿就骨头轻，这回现大发了吧！

学当然是上不成的了，小凤儿稀里糊涂地就早早结了婚，早早抱上了孩子。

费平与兰姑娘于是有了一个当校长的女婿。那校长女婿比凤儿的年龄大了一轮多，且也长着麻秆儿似的身材，马脸，暴牙，还是二婚。费平夫妇无限悲愤女儿"一朵鲜花插在牛粪上"，恨透了这个王八蛋杂种毁了他家女儿的好前程。兰姑娘以泪洗面，眼睛越发红了，说是好不容易"破窑里烧出的好砖头"，可砌了猪圈了。虽然百般阻拦，无奈生米煮成了熟饭。费平跺脚大骂女婿"痨病鬼儿""大烟鬼儿""吊死鬼儿"——什么解气骂什么。校长女婿毕竟是有知识的人，知道好歹，得了便宜就不卖乖了，笑骂由之。多少回厚着脸皮，提了好酒好烟好果子来，也进不了门，回回把东西放在门外就走了。这样坚持了数年，直至外孙女能叫姥姥了，终于让他进了门。虽让他进了门，却仍是不给好脸色，寻找各种机会损他，搞得那个校长女婿在丈人丈母娘面前一直跟孙子似的。邻里水琴奶奶、曾家老太太全都劝他们想开一点，饭都烧煳了，还能怎么样？善待姑爷才是真为自家女儿好。费平咧着嘴笑道："烟照抽，酒照喝，原则还是要坚持的！"兰姑娘则说："不怕，他要对咱闺女不好，我一剪刀剪了他屌子。"邻居们全大笑。等姑娘说："兰姑娘，真看不出你的本事，连女婿的屌子也敢剪？"李楞子说你把你女婿的屌子剪了，你女婿就只能当太监，你女儿也就只能当"菜户"[1]了。

　　什么叫"菜户"？费平与兰姑娘不懂，追前追后问。看过"魏忠贤"的李楞子懂，但他就是不说。

【1】　指宫廷中宦官与宫女的象征性夫妻关系。汉时叫"对食"，明时叫"菜户"。

张富贵复员后

"抗美援朝"结束后几年，张富贵就复员了。

富贵刚复员回来时在乡里着实风光了好长一阵子。潘书记亲自出面主持"最可爱的人"的报告会，乡干部们轮番请他吃酒席，小学校里更是不断地请他做报告，少先队员给他献上红领巾，戴上大红花。那可是战斗英雄啊！附近几个乡都找不到第二个呢！当然是三兴圩镇的大光荣啊！

当年一般军人的复员费也不过三五百，可富贵的复员费听说过了千（具体的数目真不知道）。乡领导又帮助给富贵找了个俊俏媳妇成了家，又安排他当了民兵营营长。按说这都是一级政府的关怀与照顾，富贵却不领情，因为工资只有二十八块五，富贵嫌低了。

陈乡长开导他："你看人家潘书记，老革命了，解放前就在咱们这一带打游击，工资也才四十块出头。我当乡长，工资也只比你多五六块，你拿二十八块五毛也不算低了，你不还有上千元的复员费吗？一辈子也用不完。张老弟，不错啦！比我们强啊！"

富贵说："错什么错，强什么强？敢情你们定工资时将我复员费也考虑了，那是老子拿命换来的，这怎么能考虑在内。你也眼红啦？"

富贵向陈乡长要求重新定工资。陈乡长说："我跟潘书记研究研究。"

"研究研究"没有相应的"烟酒烟酒"配套成龙，也就成了一句空话。于是富贵又跟潘书记当面提这事，潘书记一口就回绝了："这不可能，人家乡的民兵营长都是这工资。"富贵说："人家乡的民兵营长也是战斗英雄吗？"潘书记说："这你不是已拿了复员费了吗？"富贵一听又拿复员费说事，当面就光火："全他妈逼盯着我的这点复员费呢！"潘书记拔脚就走人，心想这个张富贵真是个十三点！骂人竟然骂到老子头上了。富贵的工资最终也没加得成。

富贵搞民兵训练确实是一把好手，也认真，要求严格得过了头，老拿正规部队的军训要求说事儿。时间一长，所有的民兵都有了意见。民兵也没有钱拿，不过是凭点名簿在生产队记工分。这事儿，本来就是各乡各镇的面子活儿，应个景儿的，哪能像富贵那样当真事儿。但大家都不敢说呀！有的人迫于他是战斗英雄，有的则慑于他的大块头。

但总也有人不怕的，潘书记的侄儿潘小三就是。富贵喊"卧倒！"潘小三刚穿了一件麻纱布的香港衫就不肯卧，富贵走上前去就是一脚，正踢在他的卵上，第二天就已肿得像猪卵泡。这下就闯了大祸，潘小三与几个挨过打、挨过踢的民兵联名告到县上的民兵师，居然告赢了，师上说张富贵是军阀作风。后来又有人反映富贵当着妇女的面撒尿之类的烂事，于是就将他的民兵营长给撸了，二十八块五毛也黄汤了。

不当民兵营长的张富贵可惨了，他一不会种地，二不会做生意，日子没过上两年，这个家就散架了。新媳妇的肚子没有膨起来，刚进门时一个雪白粉嫩的美人儿，几年下来竟被折腾得黄皮寡瘦，像得了痨病似的。富贵身体太好，那东西太厉害，媳妇儿虽告饶，怎奈富贵不听她的。媳妇儿骂他是畜生，富贵说畜生就畜生，反正人也干这事，畜生也干这事，苍蝇蚊子都干这事。媳妇儿贪图坑他的钱接济娘家兄弟上学，也就忍了。当复员费被坐吃山空时，媳妇儿忽然一天就失踪了。费平和兰姑娘派人去找了几回，娘家把人藏了起来，却反咬一口向费家要人。那媳妇儿的娘家离镇子十多里地，也不能天天去要人，一年半载心也就淡了，传说那媳妇儿后来跟了个小白脸的浙江人跑了。

富贵穷了，名声也坏了，再也没有谁家的闺女愿意嫁给这样一个缺斤少两带钩子的呆子，此后的富贵一直当光棍了。

富贵除了没有生活能力之外，也没有社交能力，不会拍马屁，不会拉关系，自从民兵营长被罢后就一直找不到工作。起初，在县复转军人安置办的压力下，乡里、村里的干部还隔上仨月俩月的来探一回，富贵从不给人递上一根烟，也不给人泡上一杯茶，最多就让个坐。不会说"谢谢领导关心"之类起码的客气话，动不动就摆老资格，讲上甘岭，说什么老子是脑袋拴在裤腰带上过来的；动不动就骂骂咧咧的，说当官的没有一个好东西。日子一长，他将所有的干部全都得罪了，所有的干部也全都将他冷落了。潘书记自己就有话撂在那儿：像张富贵这号人，放在旧社会不是土匪也是贼胚，屙屎也要离他三尺远。

富贵最后的下场是给老虎灶挑水，计件工资，挑一担水两分钱。这个工作只要力气大，挺适合他。当富贵肩挑着一对杉木大水桶，露出一身彪悍的腱子肉，吆喝着走在大街上时，那是任何人都得给他让道的，即使是潘书记对面走过来他也不买账。潘书记招呼道："富贵挑水呢！"他鼻子一哼，全不理睬。潘书记倒闹个老大没趣，赶紧给他让道。两人刚一擦肩而过，富贵回头就骂"狗日的！"，潘书记当然是听到了的，虽然抱定了"大人不计小人过"，但从此更不关心了，即使当街走过也是避开的。于是乡人们都说潘书记这么大的官在全乡就只怕一个张富贵。这话传到富贵耳朵里，富贵当然很得意。可传到潘书记的耳朵里呢？心里就更不得劲了。于是连同每年的八一建军节前后慰问军烈属，潘书记再也不在张富贵家露面了。每年的拥军优属活动就再也不邀请费平与兰姑娘了。下面的人见书记是这个态度，谁还把这个过气了的战斗英雄放在心上。

每天，太阳还没落山，富贵就收工了去小酒馆喝酒。总是一个人喝，从来不请人，也从来不被人请。在这个充满势利的小镇上，富贵没有一个朋友，没人看得起他，他也看不起别人。一碟子兰花豆，一盘子猪头肉，半斤装的土烧，就把这个汉子一天的劳动所得花得精精光光，人也就醉得摇摇晃晃。

醉醺醺的富贵扛着一条桑木扁担行进在街上，自己给自己喊着口令"一、二、一""立正""稍息""正步走"，军人的标准步伐就在碎石街面上嘎嘎地响起。一会儿，又扯起嗓子唱起"我是一个兵"，唱"雄赳赳，气昂昂"，声如水牛壮如猪。忽然又大喊一声"卧倒，匍匐前进"，那笨重的身躯就义无反顾地往大街上一甩，摸爬滚打向敌人的"碉堡"冲去。引得围观的人群响起一片起哄的叫好声。这叫好声对富贵而言就是"加油"，是党和人民的鼓励，更激发了他的表演欲，他大喊一声"中国人死都不怕，还怕美国佬"，蓦地抽起腰间的一把尖刀，往自己的大腿上猛一扎，鲜血汩汩地滴打在碎石铺就的街面上。围观的人无不毛骨悚然，妇女们尖叫着掩起脸面，孩童们惊叫着躲在大人们的身后。富贵却又拍拍尘土站了起来，又雄赳赳地前进了。惹得我们一大群儿童胆战心惊地远远地尾随着，走又不舍得走，看也不敢看。

富贵却常常豪迈地回头一仰："小鬼，来呀！"吓得我们都四散逃开。说着，却又从裤兜里掏出半小瓶烧酒来，咕咚，咕咚，仰着脖子往下灌。当瓶子里再也倒不出一滴酒时，就将瓶子往街面上使劲一甩，大声喊道："美国鬼子，看我手榴弹！"随着一声响，富贵呼呼大笑起来。

有时，他就这样借着酒劲在街面上睡了过去。

街上围观的人是有的，老太太们抹着泪叹息着："好好一个人，怎么就变成一个畜生似的！"就是没有一个人会走上前去将他拉起来。

李楞子与外祖父

李楞子的话核儿

李金安，四十出头的人，因为口吃，大家都叫他李楞子。

李楞子中年丧妻，家中只有一个老娘和一个女儿。老娘七十多，在三年大饥荒前，老人家的身子骨还算是硬朗的，耳不聋，眼不花，手脚利利索索，把个穷家里里外外拾掇得干干净净。女儿水琴，大约只比我大三四岁，长得跟李楞子一个模子，马脸，长胳膊长腿，说话、走路全没有一点女孩子的模样，胸脯也是平平的，一副老雄鸭子般沙哑的嗓音。听大人们背后说起，这水琴是个"石女"。"石女"的概念是我小时候无从得知的，那时候的理解大概也就是虽然是女人，但又不是女人的意思。水琴大概只上了小学三年级，就跟着李楞子走乡串户爆玉米花。

李楞子虽是马脸，却五官端正、眉清目秀、皮肤很白皙。老娘活着时，他的衣衫一向都是整洁的。他是西街头为数不多的识字人，脑子里装着不少章回小说和陈年戏文。但他口吃得很厉害，他是不能讲故事的。但唱戏时却一点也不口吃了，因此他常唱戏，常看见他坐在那里一只手拍着大腿，闭着眼睛，摇头晃脑地哼着："一马离了西凉界，不由人，一阵阵泪洒胸怀——"

我觉得他唱的戏文很有韵味儿，很伤感的。他还唱："未开言，不由人牙根咬恨，骂一声毛延寿你这卖国的奸臣——"听那词儿，应是情绪激烈的，李楞子却唱得平静如水。他有时又将这"骂毛延寿"的唱词改成了"骂蒋介石"："未开言，不由人牙根咬恨，骂一声蒋介石你这卖国的奸臣，你也是中国人，怎好像是外国生，却拿着美国的武器来杀我中国人——"我小时候跟他学过这一段，现在就记得这几句。

人常说"矮子鬼大，楞子话多"，李楞子不是这样的，他是一个沉默寡言之人，但偶尔从牙缝里挤出来的一言半语，总是不阴不阳，有骨头有肉的，叫人吧唧半天，才好不容易捉摸出"话核儿"来。真让人联想到潘长江的经典语言，"浓缩的都是精品"。

上级号召合作化，走共同富裕的道路。他说：地倒是化在一起了，可人心咋能化到一起呢？人心化不到一起，地化一起，白搭！不如不化。要化，也是穷化。

公社化时时兴一句标语"人民公社是金桥，共产主义是天堂"，李楞子说：不就是换了一个木头疙瘩（图章）吗，怎么就能上了天堂？

队长常新万召集各家各户开会，限制每家最多只能养两只家禽，养了鸡不能养鸭，养了鸭就不能养鸡，不许去自由市场卖鸡蛋鸭蛋；可以养一头猪或一只羊，也只能挑一种养养；不许在自留地以外开十边地，自留地也不许种经济作物，不许种西瓜与香瓜，种点土豆、番瓜这类代粮品还是可以的，种点蔬菜与粮食也还行；不许吃青蚕豆，不许吃嫩玉米，不许吃青麦冷蒸；更不许外出去桐州、上海跑码头——

当然这些政策也不是一次性齐活的，而是在实践中不断发展、不断细化的。

所有这些政策当然也不是新万制定的，但都是新万传达的，新万既不贪污也不夸大，传达后也都是由新万监督执行的。

新万说这叫作"割资本主义尾巴"，这在上世纪

芦花瑟瑟

50年代末还是新名词，大家都是乡下老农民，听了一般都是"唉"的一声叹口气，最多也就说一声"政策又紧了，叫人怎么活"。

新万并不十分计较，执行起来也不是很严格。

但有一回散会时，李楞子捧着水烟台跟在新万的后面走出门，笑着说：

"队——队——队长，队长，可了不得啦！你屁股上长了一条狗——狗尾巴！"

新万说："楞子，严肃点，又拿我开心是不是？"

惠琴姑娘是一个一向好与新万作对的老姑娘，她一手拿着针，一手拿着正纳着的鞋底笑着说："队长，别听他的，你的屁股上没有长尾巴。"

曹大金与常新万一样都是三代贫农，但新万当了干部，大金只当了个贫协代表。新万把持着党支部，大金连党也入不了。他一向就不尿新万，不放过任何讽刺挖苦的机会，大金说："惠琴，这话也用不着你来说，常队长是个人又不是狗，他怎能长出狗尾巴！"

新万没反应过来，李楞子却一本正经地说："队——队长，我要向你请教一个问——问题。"

新万说："你说。"

李楞子说："狗——狗长狗尾巴，猫——猫长猫尾巴，人不长尾巴，人要是长呢，也是人——人尾巴。为什么？种头不对。社会主义和资本主义也是种头——种头不对，社——社会主义怎么会长资本主义尾巴呢？这个道理我们不——不懂，劳烦队长你给我们讲讲——讲讲明白。"

新万这才听明白了，气得朝他直翻白眼："好你个李楞子！你敢对抗上级号召？我要向上级汇报。抓你个现行。"

孙大爷出来打圆场："新万，他也就这么一问，你呢，就这么一听，犯不着生气，你是党的人，社员政策上的事不明白，问问你也是应当应分，你怎么就要抓现行呢？"

新万气鼓鼓地回头瞪着李楞子，眼珠子都要爆出来，蹦出一句话来："过后再和你算账。"

李楞子笑嘻嘻："别，别，别——我好怕唷！"

外祖父与李楞子的春联

农业合作化前广大农村的春联大都是千百年来的老祖宗留下来的，比如：

生意兴隆通四海

财源茂盛达三江

喜看红梅多结籽

笑见绿竹又生枝

合作化后，乡村越来越革命化了，这些传统的春联没有了，每逢过年，家家户户贴的春联一般都是"听毛主席话，跟共产党走""喝水不忘掘井人，翻身不忘毛主席"，横批离不了"社会主义好""人民公社好""毛主席万岁"等。

外祖父算是乡间的一个"宿儒"了，写出来的春联与众不同。如厨房门前是：

天水菊花茶

青菜籸子饭

带有恬静的田园风味和悠然自足的平和心态。虽然也有一点地主阶级的闲情逸趣，但总不能说反动吧，称赞的人就很多。

又如东大门则是：

润泽东亚毛主席

布德中华朱将军

这副春联越发好了，对仗工整，又很巧妙地将毛泽东和朱德的名字嵌于其中，歌颂了共产党的大领袖，表达了对新政权的归化。外祖父那一手魏碑体更是苍劲有力，受到乡亲们的一致叫好。那时"阶级斗争"的弦也不是绷得很紧的，乡里的书记、乡长们也不避嫌疑地特地请外祖父写了同样的对子贴在自家的门上。县上来的干部到书记、乡长家吃喝，也都对这副春联赞不绝口，于是又传到了县上，只是没有人知道这原出自一个"准地主老头"之手。

外祖父写这些对子的时候，我常在他身旁磨墨，我也觉得非常好，只是不知道究竟是外祖父在外面抄来的，还是他的原创。

但是，真正在乡间出风头的春联，还得首推李楞子的。

有一年，他写的春联是：

上联：自有天做主

下联：何必人操心

横批：太公在此，百无禁忌

又有一年，他写的对联那就更出格了。

上联：人人都吃五谷杂粮

下联：个个都要拉屎放屁

横批：社员都是向阳花

歪歪扭扭一手臭字，引来许多人围观。

几个有点墨水的乡邻们捧着水烟台，聚在他家的大门前，那一通研究、评论，那一通笑啊，甭提有多开心。

杂货店的张茂先生也是乡间一儒，他摘下老花镜远远地看道："字不好，意思好，人生大道理！"他捋着下巴上的胡须不住地说："人生大道理啊！"

按当时的政治环境，这几副对联都含有对现实的不满情绪，可是村干部来看过了，乡干部们也来看过了，都默默地来，也默默地走了，谁也没放个屁。

李楞子搬个凳子当街坐着，捧着水烟台，吹着煤纸捻儿，目送着乡村干部们的来来往往的背影唱道："我正在城楼观山景，耳听得城外乱纷纷，旌旗招展空翻转，却原来是司马发来的兵——"一边唱，一边还拍着大腿打节拍。

这副对联给我的印象太深了，一辈子也忘不了，它让我懂得吃饭穿衣、打嗝放屁、拉屎拉尿这类事情是人人概莫能外的。

大家都是从小时候走过来的，谁在小时候对于人生都不免有一些幼稚的想法，比如我当年唱着"小鸟在前面带路"时，心里则对"敬爱的领袖"有着许多不敬的猜度：他总该是与我们不一样的人吧，至少"拉屎放屁"这类的脏事他是没有的吧？谁知道李楞子说他也是有的。

李楞子的春联有一种启蒙的意义："领袖也是人"！

李金安两救外祖父

对联风格迥异的外祖父与李金安是一对好朋友。

在这长长的一条街上，外祖父只有李金安一个朋友了；而李金安呢，也似乎只有外祖父一个朋友。

一个地主老头，一个贫农鳏汉，他们之间没有发生过阶级矛盾和阶级斗争，至少我没有发现一丁点儿，我感觉他们是有始有终的好朋友。

外祖父的年龄比金安大有十多岁，金安总是尊称他为大先生；外祖父则称他金安，从来也不叫李楞子的。

他们的友谊要上溯到上世纪40年代初，日本人上岸的时期。

大概是1943年的秋天，外祖父家刚卖棉花得了四百块大洋，这就是全家十口人一年的生活费用。外祖母留下三十块大洋做近期的日常开销，将三百七十块大洋交给外祖父说：日本人来了，家里不安全，你将钱带到"新天"钱庄上存着。

"新天"是外祖父的二姐夫家所在的一个集镇，

芦花瑟瑟

还没有驻扎日本兵。二姐夫是个资本家，在那里开有一家钱庄，外祖父就在他家当账房先生。

那个午后，外祖父将三百七十块大洋用一个小包袱捆在腰间，外面穿上一件长袍子，刚走到那通往河北的桥上，就被迎面过来的几个日本兵拦住了。日本兵见外祖父的肚子鼓鼓的，双手紧张地捂着，就端起刺刀往外祖父的长袍上轻轻一划，那三百七十块大洋就当啷当啷的全掉在桥面上了，日本兵们纷纷弯腰拾起，全装在自己的口袋里了。外祖父发了急，和日本兵理论，日本兵端着刺刀就要捅他。正在这时，金安赶上了桥头，对着日本兵"太君太君"的作揖。还主动捡起桥面上的大洋塞在日本兵的手里："你的，大大的发财！"日本兵这才呜里呜噜地说"你的明白"，放了外祖父。

金安将惊魂未定的外祖父送回家里，对外祖父说："大——大先生你要钱不要——命了。"

外祖母对金安千恩万谢地说："亏你了，要不今儿，他这条老命就没了。"那年月，外祖父与外祖母的感情还是很好的，她对惊魂未定的外祖父说："算了，算了！破财消灾！破财消灾！"

土改那年，工作组发动贫下中农斗地主。一开始外祖父和外祖母也是同时被押上台的。

金安对工作组说："你们只能斗周李氏，不能斗周先生。"

工作组问他为什么，金安说："周——先生是什么成分？他是职——职工呀！职工也是工人阶级。他没有在家种过田，没有收过租，他一直在外面给资本家打工，他既不是资本家，也不是地主，你——你们怎么能斗他呢？"

工作组笑着说："看不出啊，你个楞子倒有点政策水平。"真的就这样将外祖父放了。后来，工作组就将外祖父的成分定为了职工。

事后，金安对外祖父说："大先生，你要自己记好了，你——你是给资本家打工的，你的成分也是工——工人，工人是什么？共产党说工人是领导，你不要自己先气馁了。地主成分只能是老婶子一个人，家里已经有一个人顶了这个屎盆子了，别人就躲——躲得远一点。"

外祖父说："这样不好吧？让你嫂子一个人顶着，我心上过不去啊！"

金安说："过不去，也没办法。少一个人遭罪总比多——多一个人好吧？"

外祖母原本也是很侠气的女人："金安说得对，就是这个理。屎盆子就让我一个人顶了。我一个女人

芦花瑟瑟

家，他们总不能将我往死里打。"

此后，乡里召集的四类分子听训会、扫大街等活动，就没有了外祖父什么事，都由外祖母一人顶了。

新中国成立初期的地富分子好赖还算是个人，评了就评了，土地分掉了，但还留了五六亩；房子分出去了，但还留了小五间。除了土改时被斗了一回，接下来的七八年间也没人管你，外祖母平素为人好，除了村长常新万常常来找点小麻烦外，乡亲们全都没有难为过外祖母。

外祖父消逝在瑟瑟芦花的深处

土改后的地富被分了房子分了地，但毕竟还留有房子留有地，尽管政治上已经沦为贱民，但生活上却还算是人活的样子。

到了1958年公社化后，外祖母一家被扫地出门，剥夺了全部生产资料及生活资料，过着越来越不是人的日子了。作为"帽子"在册者的外祖母三天两头集中去开四类分子听训会，三天两头起早扫大街，带着鲜红的红领巾的少先队员们虽说也都是邻里家的孩子，但已经开始向她扔小石子儿，吐着唾沫星子，骂"地主佬儿"了。

长期的折磨，使得外祖母早就失去了当初的大度量，她一天比一天感到窘促，又没有地方撒气，就越来越频繁地对外祖父发脾气："嫁到你周家来，没有过上一天好日子，临末了，大苦大难的事全让我一个人顶了。你一个男人都没事儿人似的。"这是外祖母常年挂在嘴边的怨恨。儿女们嘴上不好说什么，心里却对母亲多了一分同情。毕竟上台挨批斗的是老娘，被村长打嘴巴子的也是老娘啊。

　　外祖父在家庭越发没有地位了，再加上他的一生确实也对家庭做了三件大错事：

　　1943年时被日本人从他手中抢走了三百七十块大洋；虽说是日本兵抢的，可是他怎么就没点眼前见识呢？明明看见鬼子来了，怎么就不会早早地躲开呢？

　　1948年年底，他将外祖母的嫁妆全部变卖了去资助濒临破产的二姐夫。外祖母当时是坚决不同意的，可是外祖父却说人在这时候要讲义气，赚了加倍还给你。结果肉包子打狗，有去无回。

　　1950年时地主分子的帽子让外祖母戴了，他自己却被评上了职工。

　　外祖父心里当然痛苦，对不起家庭，对不起老妻，可他有什么办法弥补呢？他巴不得抢过这顶"地主帽子"扣在自己头上，可他没有操作的办法。他一

芦花瑟瑟

向就是沉默寡言的人，那时更是几天、十几天也不说一句话了。

只有金安常常拉外祖父下两盘棋，聊一会"三国"，外祖父也就开朗一些。

转眼到了吃食堂，金安是食堂的炊事员，对外祖父就又有了另一份的照顾。食堂办到后期，那稀粥也就是飘着几粒米花儿的清汤水，薄得映得出人影儿，金安总是给外祖父捞上点稠的。

那时，被扫地出门的外祖母和小姨被安排住在方家的西屋，屁帘儿大的地方，搁不下外祖父的床，他一人孤零零的住在前后穿风的大门堂里。大门堂离方家也不过三十米，没办食堂的时候，他一日三餐回到家里吃，吃完，将碗舔干净了，将掉在桌上的米粒和菜屑全拾在嘴里吃了，就离家了。

多年失和的外祖母不要求他做任何事，也不和他说话，虽然是老夫老妻，虽然生育过七个孩子，也曾有过琴瑟和谐的日子，但到老了，阶级斗争最终让他们形同陌路人。

在吃食堂的日子里，外祖父一日三餐在食堂，十天半月也不走进家门一次。只有小姨常去给他洗洗衣服被褥。除了食堂外，他几乎没有任何地方可以得到补充的营养。

他偶尔也到我家来。都在同一条街上，相距百余米。外祖父从来不从大街上走，总是走街背后的河边小路，总是穿一袭破旧的灰色长衫，双手袖着，瑟瑟地走来，胆颤颤地敲我家的后门。母亲见他来了，赶紧给他倒上一杯热乎乎的白开水，然后再去街面上用二两粮票六分钱买两块"缸爿"（一种大饼似的早点），再端过一小碟咸萝卜干，有时还会再给他倒上一小盅烧酒，外祖父就在后屋赶紧吃了，又赶紧从后河边走了。

那时我已是中学生，寒暑假、星期天，总是我开门迎他进来，又总是我送他走。我走出后门与外祖父道别，说一声："爹爹，走好了！"他无言地摆摆手，依然双手袖着，沿着来的路瑟瑟地离了去，那一袭破旧的长衫，被冷风吹卷起一角，河边的芦花瑟瑟地起伏着，望着外祖父佝偻的背影消失在漫漫芦花深处，我心无限凄惶。

为什么外祖父到我家从来不在大街走？为什么相距不过百余米，他也难得来？经历过那个年代的人想必都能理解的。

那时，我的父亲是镇上的工商联主任，虽说不是共产党员，可也算共产党信任的进步人士了。翁婿间的关系极好，父亲不止一次地对我们说：你们的外祖

芦花瑟瑟

父是一个真正大写的"人"。但外祖父怕影响他，他当然知道自己一个没戴帽子的地主佬到女婿家来，给人撞见了，人家就会说女婿与地主老丈人划不清界限啦什么的。

母亲也是粗心的，她居然一直没有意识到她的父亲有可能会饿死。即使当她意识到时，她也没有果断地采取必要的补救措施。

母亲也是自私的，她本身就背着地主家庭出身的沉重包袱，最怕最怕的就是别人说她与剥削阶级家庭划不清界限。

她怕的不是影响自己，而是怕影响到丈夫和孩子。她的大儿子再过两年就要考大学了，她的丈夫也必须要在"进步人士"的队伍里混下去。万一混不下去，这个家就会顷刻间完蛋。所以，她将与父母亲的来往减少到最少的程度，少量的必要的来往也都在深夜里极其秘密的状态下进行。

再说了，大饥荒时家中的食品太少了，丈夫吃不饱，四个子女也全都吃不饱，自己更是吃不饱，也就忽略了对父亲的照顾。等到外祖父饿死了，一切都晚了，只留下一辈子的后悔。

1961年开春，外祖父得了浮肿病，一个月后就死了，也不过六十刚出头。

母亲，更包括母亲的弟妹们，至今都不敢谈论他们的父亲的非正常死亡。

外祖母和小姨虽说以食堂为主，却也有点小锅小灶，偶尔从野地里挖来一堆荠菜、马齿苋，偶尔从河边摸上来的几十粒田螺、河蚌，我的母亲也偶尔塞给他们一块豆饼或是几根胡萝卜，他们的生命终于维持了下来。

生命这玩意儿总是既脆弱又顽强的，外祖母度过了六十那道坎儿后又活了三十年，直至九十岁才无疾而终。

外祖父死后又两个月，金安的母亲也得了浮肿病死了。老太太一去，金安的家差不多也就散了。那个水琴撑船，在一个黑漆漆的夜里失脚掉在运河里，尸首或许漂到东洋大海，最终没有找到。

金安是一个看报纸、关心国家大事的农民。"文革"初期，不断传来一会儿这个人倒了，一会儿那个人倒了。金安说："母鸡打鸣、公鸡生蛋，连狗子也生蛋了，这世道没个好了。"金安还说："古往今来多少事，都离不开奸臣害忠臣，坏人欺好人这一套，原以为新社会有出息，谁知到头来仍是老一套。"

金安死于"文革"正热闹之时，他没有听到林彪摔死的消息，但是他说林彪"马屁拍过头了，不会有

芦花瑟瑟

好下场的"。

金安一死，金安他们家"绝户"了。

人的记忆是有莫名的选择性，往往大事记不住，有的事情却永远镌刻在脑海里。我对外祖父最深刻的记忆就定格在这个芦花瑟瑟的画面上，那么冷的秋景，那么凄惶的秋意！

大金叔的日子一团糟

乡间不缺美女，同样也不缺美男子，前文提到的大海叔和本文要说的大金叔都是西街头公认的美男子。

曹大金家与卢大海家隔壁，大金与大海也是一般年纪，只是大金长得比大海还要周正些，一米七五左右的个头，国字脸，双眼皮，高鼻梁，五官十分端正。

我常想，大金叔要是能穿西装戴领带，该是多么漂亮的一个美男子啊！可惜，大金这辈子没有穿过一件好衣服。

儿啊！给你拣个讨饭女人做媳妇！

大金的老婆桂姑娘，也不难看，个头只比大金矮

一点点，脸庞圆圆的，腰粗粗的，奶子肉肉的，屁股肥肥的，浑身上下圆溜溜。乡亲们说："瞧这桂姑娘，一身肉！"

可惜的是一身懒肉！

桂姑娘打小起就讨饭，一点生活常识和基本技能都没有，勉强会做最简单的饭菜，勉强洗个碗筷，但不会缝补，不愿浆洗，一件衣服只要穿上了身，几十天也不换洗，一身懒肉在又破又脏的衣服里边颤动，走在人前一阵臭气。挺性感的一个女人，却懒、馋、贪、弱智，都占全了。

数数西街头的女人们，就没有一个比桂姑娘更懒、更脏、更臭的了，邻里们就都不把她当人看。

桂姑娘不是本地人，老家里下河，是苏北最穷的地方。那地方是平原的洼地，也不一定是暴雨，只要几场中雨连续下就准发水了。一发水，家家户户都外出逃荒，少数人投亲靠友，多数人无目的地外出乞讨，许多人走出去就流落他乡，再也不回老家了。三兴圩镇将这一类人统称"下河人"，桂姑娘就是这样一个"下河人"。

那年那月那一天，大金娘眼睛直勾勾地盯着这个蹲在她家屋檐下的下河女人整整一下午，傍黑时分，她将她招呼进了门，简单地问了一下她的身世：

"你是哪里人啊？""下河的。"

"多大了？""十七。"

"爹娘呢？""娘死三年了，爹带我逃荒，在高邮走丢了。"

"家里还有什么人？""有个妹子今年春上饿死了。"

"还有呢？""没了。"

大金娘扔给她两个蒸番芋（红薯），盛上一碗麦面条汤，桂姑娘狼吞虎咽地吃了，摊着两只手说："大婶，再给点。"

大金娘又扔给她两个蒸番芋，又盛了一碗麦面条汤，桂姑娘又不住嘴地吃了。大金娘说：饱了吧！桂姑娘站起来说："饱了，谢谢大婶子。"说着就当屋磕了两个头。大金娘扶她起来说："快别，快别，我受不起。瞧你年轻轻一个大姑娘，也没地方去，怪可怜的，你要是愿意呢，就给我家儿子当娘子吧！"

桂姑娘低下头，没作声。

大金娘将大金唤了过来，站她跟前："瞧瞧！这就是我儿子，今年二十六，我就这么一个宝贝。你瞧怎么样？"桂姑娘抬头望了望，好漂亮一个后生家，嘴上没作声，心上就乐了意。

大金娘说："你这就算是应下了？"桂姑娘还是

芦花瑟瑟

不作声。

大金娘就推她进了里屋，端过来一盆热水，又撂过来一身干净的旧衣服，说："你给我洗洗，瞧这脏的！"

当晚就被塞进了大金的被窝里。

娘对大金说："儿啊！咱家穷，就拣这个讨饭女人给你做老婆吧！我看她长得还行，屁股大，准是个能生的，你老曹家三辈单传，子息不旺，指望这讨饭女人给你老曹家发达呢！"大金应承着是，欢天喜地钻进了被窝。

当晚破床板吱吱嘎嘎响了一夜，大金他娘也乐了一夜。

第二天一早，大金娘检查床单子见了红，更是乘心满意，立马上街扯了两段布，给桂姑娘做了一身新衣服，给四邻八舍发了几块粽子糖，就算是结婚了。

外祖母收下那几粒喜糖时说："大金他娘，好歹也是娶媳妇，办桌酒吧？"

大金娘说："老嫂子，你还不知道咱家上顿不接下顿的，哪有马叶子办这事？"

故乡人常将钱叫作"马叶子"，人穷么，对钱有点不屑之意呢。

外祖母说这事由我来办，大金是我看着长大的，也算是我大侄子呢!

于是外祖母出钱、出粮、出酒，办了两桌酒，请了西街头的乡亲们，给桂姑娘买了一方红头巾，给大金买了一顶呢礼帽，外祖母当了证婚人。

末了，大金娘让大金夫妻给外祖母磕了三个响头，大金含着泪说："周家姆妈，你是个活菩萨!"大金娘说你老不嫌弃，就让他俩叫你一声干娘吧! 邻里们都说这样做最好了，外祖母说也行。

从此，外祖母就多了这样一个干儿子，其实平时也没有什么往来。

桂姑娘果然是个能生的，进门不到六年，比母猪下崽还欢快，年头一个，年尾一个，接连给大金生了五个儿女才刹了车。

桂姑娘很可能有先天性的弱智，所生的子女虽说都不缺胳膊少腿，身材也不畸形，五官也还端正，可就是一个个都有程度不同的智障。你就听听他们的外号吧，大儿子外号叫"屙屎茄儿"，二的女儿叫"粘蛮虫"，三的儿子叫"乌脓滴"，四的女儿叫"拉尿虾"，最小的儿子叫"臭屁黄猫儿"。

这些外号有的是小孩子们闹着玩儿给起上的，有的是邻里的大人们起的，有的甚至是大金自己无意之中骂孩子起的，也就叫开了。一个个外号都难听而恶

芦花瑟瑟

心，却反映了他们的生理特点和生活表现。比如那个"小五子"，从小就死吃，吃的又都是不易消化的垃圾食品，于是，人前人后地一个屁接着一个屁地放，有人就叫他"连天屁"，有人叫他"屁连天"，还有"天连屁"。可"小五子"放的屁就像黄鼠狼的屁特别臭，于是最后定格为"臭屁黄猫儿"，正式的大名竟无人知晓了。老曹家靠这拣来的大屁股讨饭女人实现了人丁兴旺，数量上上升了，质量上却下降了。

孙大爷与李楞子望着大金家的那一群崽，常有叹息："一代无好妻，三代无好子"，"错娶一代妻，坏了三世祖"。

大金的立场与生计

长期只消费，不产出，七张嗷嗷的大嘴小嘴，像蝗虫般无情地吞食了曹家的一切财富。原本就没有什么家底子，每生一个孩子就更穷上一层楼。

其实大金早就不想生了，早就吃不消了，可那时没有避孕套，即使是穷棒子，欲火烧起来时，便将贫穷的恐惧忘了。何况大金正是三十左右的好年华呢，管他娘的，反正是个穷，先搞了再说。

大金的父母解放前就死了，土改时大金是四乡闻名的赤贫户，三代贫农。

新旧社会两重天，人们的价值观念全变了。旧社会有钱的人家被羡慕，有德的人家受尊敬；新社会，"穷"是革命、光荣、安全的代名词。于是，大金的头上就凭空多了许多与时俱进的头衔：土改积极分子、贫协委员，后来还有忆苦思甜积极分子、活学活用标兵，"文革"中还当过一阵贫宣队队员，派到邻乡的一座小学给学生和老师们再教育，还当过区上的"捍讲团"成员，到学校工厂做报告，稿子都是别人写的，他只要背出来就行了。

不过，所有这些五花八门头衔没有一项是有实权的，只是"光荣"而已，而大金对这"光荣"已经满不在乎，大金老说："光荣！顶个屁，又不能当饭吃。"

土改、公社化，大金都是积极分子，他台上控诉地富对他的压迫剥削，除了口号，没有一点亲身经历和具体事例。

其实，无论是解放前还是解放后，大金从来也没有给任何一家地主、富农当过长工或短工。因为他根本就不会庄稼活，谁雇他呢？雇他干什么呢？即便是近在咫尺的外祖母家也没有雇过他。大金从来就是毛笔下的那种撑着破伞子，拖着破鞋子，露出脚指头和

芦花瑟瑟

脚后跟的乡间无业游民。

外祖母家曾经有过两个长工，一个叫发华，一个叫让其，都是薛家垛上出色的农民。外祖母家没有雇过曹大金一天工，也就根本不存在对他的任何剥削，相反倒是曹大金不断地剥削着外祖母家。以借贷为名的"抢劫"和乞讨隔三差五就要发生一次。轻者一箪食，重者几十元钱，从来都是"肉包子打狗"，有去无回的。其实，外祖母不是菩萨，虽有点善心，却也不是特别有善心，从来没有那种"割腕饲虎"的佛心，家里的经济条件也早就不是当年给大金办结婚酒席时可比。说来也怪，她却对大金家有一种特殊的同情和特别的宽厚，也许正因为她曾经当过大金的证婚人，也许因为大金和桂姑娘叫过她干娘，那几个孩子叫过她奶奶，她实在可怜他们家的那一大群孩子。

1950年土改后的外祖母家虽然自身已是日渐贫穷了，勉强温饱而已，但也尽量地满足大金一次又一次的借贷要求。当然也有借不出的时候，每当其时，外祖母就有一点不忍，又有一点害怕，既担忧他家的孩儿们今儿吃什么，又担心因此得罪了贫下中农曹大金。

还好！大金不是那种没良心的人，他从心底里记着外祖母对他的好。有时没有借到粮，嘴上有怨言，心上也有不满，却从无生过歹念。至于在斗争会上的发言，那是上级布置，不讲不行。相反，大金对外祖母是明斗暗保的。土改时的斗地主大会上，要不是大金护着，说不定外祖母吃常新万的嘴巴子就不是五个，而是十个、二十个。那次新万正打得起劲，大金一下子蹿上来抬起新万的胳膊。

新万喊：曹大金，你要干什么？闪一边去！

大金说：她一个六七十岁的老太婆经得起你这么打？

新万说：你还是不是贫下中农？护着一个地主婆，有没有立场？

大金说：立场当然有，政策也要讲，人打死了你负责？还村长呢，政府的政策你不知道？

新万只好放手了。

大金对新万说："周李氏地主是地主，不假；人是好人，都几十年的邻居，谁还不知道谁，乡里乡亲，抬头不见低头见，能跟上面交待得过去就行了。"

新万说："你说的什么屁话，地主怎么是好人？知道不知道天下乌鸦一般黑？"

大金说："不知道。乌鸦是不是都是黑的，我不知道。我只知道周李氏没做过什么坏事。"

芦花瑟瑟

新万说跟你说不清，大金说我也跟你说不清。

大家都是三代赤贫，新万不敢对他怎么样。

大金其实对运动的事一点都不上心，他每天面临的头等大事是如何喂饱一家七口人的肚子。

能有什么办法呢？最主要的办法是向上级要救济，救济粮、救济钱，还有救济的衣服和被褥，一样也不能少，一次也不能落下。但救济也不是天天有的，也是杯水车薪，不解决根本。乡里每次发救济的办事员都要训大金："你这样躺在政府身上也不是办法，回去要搞生产自救。"大金唯唯诺诺："一定搞，这回去就搞。"其实他又不会搞。

大金不会种地，也不会采桑养蚕，甚至连养鸡养鸭也不会。

解放前，曹大金家确实没有地，但是，土改时他家因为人口多，分了很多地，但他不会种。桂姑娘就更不会种了，这个懒婆娘自己脏得浑身发臭，却闻不得大粪的臭味，她说她一闻大粪臭就头发晕。所以，有时虽然种上了，但没有施肥、锄草、间苗的种种措施跟着，往往连种子也收不回来。那还受那份劳累干什么呢？租给人家种吧，政府又不允许，干脆就让地荒着。

"生产自救"的道理，大金当然是知道的，但他知道自己吃不了那份苦，也没那份本事。再说了，政府喊的口号中有"劳动光荣"这一条，可从来没说过"劳动致富"；也有"勤俭持家"这一条，却没有"勤俭发家"。只有小学二年级文化的大金与李楞子、孙大头这些乡间有点文化的人都会钻字眼。大金说："别看就差这一两个字，名堂大着呢！"谁家日子好过了一点，谁家就上了黑名单。谁家的生活和中农差不多啦，谁家快成上中农了，谁家赶上富农了，谁是金嵌子，谁是钱串子，贫协开会时经常议论的就是这些事和这些人。贫协开会，大金次次不落，心里透亮。不小心日子过好了，丢了贫下中农的光荣帽子，不合算啊。现实摆在那儿呢，公社化时就又评了好几个新富农。

那么大金巴望什么呢？大金巴望着年年有土改！

1950年的土改，他着实分到不少东西，分了地，分了房，分了粮食。他是积极分子，地主的浮财集中在场心，由积极分子先挑、先拣，他一眼看中了外祖母家的那张红木床。一开始他是宝贝的，可是架不住老有人来参观，说这东西值钱，说大金啊你可发了，睡上地主的床了。一听这话，大金心里就发虚。几个月后，他下狠心就将它当劈柴烧了，只落了一句感慨："到底是好木头，火力真够旺的！"

芦花瑟瑟

接下来几年，就没有再土改了。

到了1958年公社化，外祖母家被扫地出门，已经没有什么值钱的东西可分的了。这一回，大金只分到一张宽板凳和一张小板凳，都是柞丁树的，重着呢。他将宽板凳拿到集市上卖了，对付了全家十来天的吃食。那张小板凳一直留着，他说夏天坐上去，凉飕飕的，屁股好舒服。

怎么办呢？这一家人可怎么活呀？最简单也最有效的办法就是去偷，去抢。

曹大金还真是不错，他最终没有去做贼做盗，这个人虽然穷，虽然不务正业，但有道德底线。而且西街头这个地方，真是良善之乡，这么几十年就没有出过一个做贼做盗的。只是在三年困难时期，门槛精的大儿子在学校偷饭票，受了处分。乡邻们全不以为意，饿急了的孩子，偷点吃食，算不得什么大错。

三年困难时期，西街头饿死了几个老弱病残，但他两夫妻和五个孩儿却奇迹般地活了下来。因为，他还有最后的一着生计，那就是下河摸田螺和河蚌。

我幼时曾无数次地见过大金背上一个破篓子，光着背脊骨，在外祖母家屋后的池塘里摸鱼摸虾的情景。他在水中面对着岸，佝偻着腰，侧着身子，沿着塘岸缓缓地向前移。脑袋仰着，下巴刚露出水面，拱着嘴儿，眼睛却看着斜上方的天空，一副深沉的样子，其实是心思全用在水下那双手的感觉。时不时有一只手抓着了什么抬起来，看也不看，就扔在身背后的篓子里。

我曾许多次地在岸边跟上他走上几十米，很好奇地想知道他往篓子里扔的究竟是什么。

"大金叔，摸着什么啦？"

大金在水面上远远地冲我来个"鬼眨眼"，不说话也不给看。

大金叔的日子一团糟

三兴圩镇毕竟是在中国的南方，江东一隅，鱼米之乡，离上海又那么近，也算得上是开化较早的沿海农村了。比如说，中国传统的"男权主义"在此已经式微了，这儿没有北方农村男人打老婆的风气。

整个西街头的男人几乎都不打老婆，但唯有曹大金是打老婆的。大金与他的婆娘桂姑娘并不经常吵架，但一旦吵起来就一定是惊天动地的。

有一回，我在院子里听见桂姑娘在喊："救命啊！救命啊！"喊声连续、急促、恐怖而凄厉。外祖母一听慌忙放下手中的活计说："不得了，要出人命了！"急急忙忙

芦花瑟瑟

地赶了去，我也跟着去看热闹。一进他那个到处是灰尘和蛛网的家，只见大金将桂姑娘摁在墙壁上，左一个耳光，右一个耳光，抽得像敲竹板一样。桂姑娘的脸已经变形了，红一道，紫一道，一边已经肿出来老高的了，大金嘴里喊着"打死你，今儿就打死你！"手上还在继续抽。桂姑娘见外祖母进了门，泼天似的喊着："干娘，救命啊！"

外祖母一下子站在了大金和桂姑娘的中间，将发了疯似的大金推了开去说："没见过你这样打老婆的，好歹也是你那几个孩子的娘，怎么下手这么重，打人不打脸，要打也只能打屁股。"说着就把大金摁在凳子上。

大金坐下直喘气说："我娶了这讨饭子瘟逼，那是祖宗作孽，我娘害的。我下河半天了，好不容易摸上来半桶田螺半桶蚌，累得腰都站不直了，到家一看，连口开水都没得喝的。"

外祖母说："知道你辛苦，养活一家老小，哪有容易的事！"

大金说："辛苦就不说了，这个瘟逼好歹是个人，你也搭把手脚啊！你再看看我们家，是猪窝还是狗窝？猪窝狗窝也不如。那几个孩子一个个都像刚从猪圈里爬出来的，身上、脸上没一块干净的。"

外祖母说："又不是一天、两天了，不一向就这样嘛！千日万日都忍了，今儿就忍不过去啦？"

大金说："干娘，你是不知道啊，今儿又出了件稀罕事。哎，我都说不出口，鸡飞在饭桌上拉一摊稀屎，你猜她怎么着，她拿一只饭碗往鸡屎上一扣就算完事了，还要等我回来收拾。"

太恶心！我都想吐，觉得这样的女人就该打。回头看看大金，七尺高的汉子，眼眶里全是泪。

那女人却不哭，早已一屁股坐在墙角下，抬眼傻傻看着，半天回了嘴："脏，刚结婚时咋不嫌我脏啦？还舔屁沟子呢！你们家穷得答答滴，有什么臭讲究的。"

"你妈逼，今儿打死你！"大金又来了火，抽起一根门栓子，又要往桂姑娘的身上劈去，桂姑娘就不敢作声了。

"爸，我娘刚才还抢我的番芋吃呢！"二姑娘粘蛮虫在一旁告状。

"你也不是什么好逼！我不是让你到市场上拾点菜帮子吗？拾在哪里呢？"

大金正在气头上，逮住二丫头就是一个大嘴巴。二丫头冷不防在地上打了个转，磕在地上，鼻子里就流了一点血，在地上坐着，手脚乱舞着，"哇哇"地

芦花瑟瑟

大哭起来,嘴里却在骂着"老狗日的"。

那几个小的正躲在黑漆漆的屋角里玩泥巴,也吓得一齐大哭起来。

"哎,怎么好唷!"外祖母叹着气。

我也在心里叹着气:哎!大金叔的生活真是一团糟,真不知道什么时候是个头。

听孙大爷说书

从曹大金家往西二十米，平地而起一块高地，高地上有一处坐北向南两进的小院子，北枕着后河，南边是一大片开阔的农田，东西两侧两丛茂林修竹。

这儿住着一位仙人似的人物孙大爷。

孙大爷大名孙贵，长相就有"仙人"样：脑袋特别大，身子很短；上身长、下身短；躯干肥硕、四肢纤细；有一点年画中的"南极仙翁"气。

四邻八舍的大人们都叫他孙大头。我们小孩子却不敢叫，不是怕孙大爷，而是怕孙大爷的老婆。那半老太太既厉害，又有威信，打土改起就是西街头的贫协代表，又是生产队的副队长，即使是老村长常新万，对她也有八九分的怕惧，而且谁都看得出来，不是怕在表面上而是怕在骨子里。她也有个外号叫"代表"，大人们都叫她"代表"，我们小孩子为了讨好

芦花瑟瑟

她，不知从什么时候起，都叫她"代表同志姨"，既亲切又尊敬，看来她对这样的称呼十分的满意，每次听我们这样叫，高兴得眉花儿眼笑。

孙家是下中农，因有祖传的竹匠手艺，有副业收入，实际生活相当滋润。

孙大爷和李楞子一样是读过古书的人，但他没有口吃的毛病，所以常以"说书"自娱。

夏季的夜晚，空气中有一股迷幻的气味，在孙家的前院里，总是坐满了邻居家的小孩，七八个，甚至十几个，在金风热浪、蚊烟熏香中，听这赤膊短裤、手摇芭蕉大扇的孙大爷谈古论今，是我少年时期乡间的一道迷人的风景。

听孙大爷说书，总有一个或是一群大英雄，也总有一个大奸臣。为首的大英雄都是白袍白甲手提一支银枪，如赵云、马超、罗成、薛仁贵、薛丁山、岳飞、杨宗保、狄青、杨再兴、陆文龙——差不多全都是一样的造型。当然关公例外，"青巾绿袍，卧蚕眉，丹凤眼，胯下千里赤兔马，手提青龙偃月刀"，左有黑脸儿的周仓，右有白脸儿的关平；说到岳飞，又有"马前张保，马后王横"，还有"八大锤"的一班岳云的哥们儿。赵云、薛仁贵、岳飞都是舞枪的，形容那舞枪的词儿最好听，如舞梨花、落英缤纷、泼水不进、神鬼皆惊。大英雄的手下又有一大帮子的哥儿弟兄们，形态各异。无论是黑的白的，高的矮的，胖的瘦的，个个都有特殊的本领，有的能穿山，有的能水上漂；个个都有特殊的性格，个个都是刚肠嫉恶、义重如山，且又都是顽皮捣鬼、惹是生非，老的"老顽童"，少的"促狭鬼"，层出不穷的鬼主意。英雄们武艺高强，杀入敌阵总如入无人之境，对付番兵番将如砍瓜切菜。但有一样，一遇上奸臣却个个都要上当受骗。

奸臣都是大白脸儿，脸上糊一层糨糊，或是吊梢眉、三角眼，或是尖嘴猴腮、獐头鼠目，都是心术不正、鱼肉百姓、陷害忠良，一计不成又生一计的。如此丑恶的奸臣也有帮手，最主要的帮手往往是一个漂亮的、妖艳的，像狐狸精一般的女子，或是这奸臣的妹子，或是这奸臣的女儿，或是这奸臣玩过了的姘头，献给皇帝老儿当妃子。奸臣往往又有一大帮相当能干的狗腿子为虎作伥，如杨林的十三太保，如张士贵的女婿，潘仁美的儿子，严嵩、魏忠贤的干儿子等等。

最搞不清的是那些皇帝老儿，总是一会儿好，一会儿坏。常被说成是天上的赤脚大仙、紫微星君下凡，天纵英武的圣天子，却总被狐狸精灌了迷魂汤，

芦花瑟瑟

于是老迈昏聩，忠奸不分。奸臣们的能量永远比忠臣大，好人总是斗不过坏人。有时是昏君利用奸臣，有时是奸臣利用昏君，奸臣、妖姬、昏君三结合，往往就将忠臣们搞得九死一生、投入大牢，甚至满门抄斩，尸体被扔进万人坑或是铁丘坟。一直要等到那个昏君死了，昏君的儿子继位，屈死的忠臣才得以平反昭雪，重新刨开万人坑或铁丘坟，奸臣才被推出午门外斩首示众，于是人心大快，四海清平。

而那昏君的儿子继位后刚做了几件好事，圣天子很快又变成昏君了，于是又有新的奸臣陷害忠臣的后代，一代一代演出同样的故事。薛仁贵和张士贵、杨家将与潘仁美、狄青与庞太师、岳飞与秦桧，大致都是一样的套路。薛仁贵被奸臣陷害了，他的儿子薛丁山继续被陷害，孙子薛刚、薛蛟仍然被陷害，老薛家祖孙三代均遭奸臣一害再害。杨家将从金刀杨老令公到他的儿子杨六郎、杨七郎，再到孙子杨宗保、重孙杨文广，老杨家四代都被奸臣不断地陷害。英雄们总是倒霉了再倒霉，奸臣们总是得势了又得势，皇帝老儿迟迟不觉悟，又迟迟不肯死。

这样的故事热闹，好人与坏人如昼夜般的分明，谁打过谁，好人究竟有没有好报，坏人究竟能不能遭到天打五雷轰的悬念牵动了孩子们幼稚的神经，听了还要听，白天上课也分心，晚上也做着故事里的梦。

现在回忆起来，所谓的"中华民族的民族精神"，正是通过这样的千百年流传下来的章回体老故事传承和传播的，而孙贵这一类的人正是传统文化在农村的一个传承、传播者，他们极普通、极平凡，起的作用却很伟大。

正因为最普通、最底层的老百姓打小起就熟知这些人物故事，所以所谓的中华民族精神才深深地植根于广袤的土壤中。曾经浸染过这一类故事的人，不管是孙贵、李金安，还是袁和尚这样的文化程度并不高的农民，他们对于"文革"发生的一切事情都有比较正确的直觉与人心趋向。说到底，不就是一群奸臣或小人陷害忠良、杀戮功臣、扰乱朝纲、图谋叛逆、危害百姓的老故事吗？林彪、康生、"四人帮"之流不就是指鹿为马的赵高，口蜜腹剑的李林甫、卢杞、秦桧、严嵩之流吗？

旧时中国农村的儿童，只熟悉这一类中国的故事，而对外国的什么"安徒生童话""格林童话""一千零一夜""克雷洛夫寓言"等一无所知。我们小时候也只知道中国之外的地方叫番邦或是蛮荒异域，中国人之外的人都叫番人、胡人、夷人或蛮人，根本就不知道这些异域蛮荒的化外之人中还流传着白雪公

芦花瑟瑟

主、拇指姑娘、青蛙王子、小红帽、卖火柴的小女孩这样美轮美奂的故事。

中国故事都是成人化的，除了极少数如"司马光砸缸""曹冲称象"外，几乎没有一个专为儿童写的故事。中国故事的主旨是忠孝节义，外国故事的主旨是真善美，也许这就是中外传统文化的差别，而这种差别是根本性的。

多年后，当我自己的孩子五六岁时，为了给孩子讲故事，才较多地接触了这一类欧美童话、寓言故事。

当年的孙大爷当然更不知道那些外国童话故事。但是孙大爷也给我们讲过"渔夫和金鱼的故事"和"皇帝的新衣"，仅此两则。那也是他从大儿子的语文课本中看来的。"渔夫和金鱼的故事"讲的是普通老百姓向往发财的故事，它告诉我们，即使是一个普通老百姓，如渔夫的老婆，过分贪婪了就会变成坏人了。印象最深的还是"皇帝的新衣"，心想哪会有人这样蠢，没想到"大跃进"时期放卫星的也就是光屁股满大街跑的人。

与专业说书人不同的是，孙大爷往往还喜欢像老师一样提问，被提问的孩子常常是我。

"大相公，我来考考你。"孙大爷捧着水烟台望着我说，"美国总统是哪一个？"

"蒋光头。"我应声而答，不假思索。

大人们"哄"的一声大笑起来，于是我知道答错了。

美国的总统难道不是蒋介石吗？美帝国主义是最凶恶的敌人，蒋光头不就是那个最凶恶的敌人吗？这是我当时的思维逻辑。

"不对，是杜鲁门。"

杜鲁门是谁啊？这个名字我没有听说过。

孙大爷又问："毛主席的五虎上将是谁？"

这道题更难，我思考了好半天，回答不上来。

其实，孙大爷自己也不清楚，他只告诉我们几个名字：林彪、彭德怀、贺龙。

从此，这些名字，就永远刻在我幼小的脑海里了。

我的一生中，对人文历史知识的兴趣也许就是从那个时候开始的。

代表同志姨

夏季里只要天气晴朗，就有书听，对我而言这样的日子比过节还重要。

外祖母家的晚饭几乎是千篇一律的：粞子和米粥，咸瓜炒毛豆，拌黄瓜。匆匆吃过了，嘴一抹就出发了。二舅舅在身后笑骂道：这细畜生，放屁也要夹着到孙大头家场心里。我回头一笑，朝他做个鬼脸儿。外祖母喊道：早点回来呀！

天还没有完全黑下来，我总是第一个来报到。代表同志姨早就为我们搁上了门板，我可以随便坐，随便躺。场心的一角也早已用麦芒子和青草燃起了一堆驱蚊烟，火星在堆的中央或明或暗活跃地闪烁着，总是调节得那么好，轻烟随风迷漫着整个场院子，就将蚊子驱逐了，不仅不呛人，而且有那么一股惬意的青草香。

代表同志姨招呼我：哎唷，大相公，这么早就来了！随便在门板上躺着吧，我给你拿个竹枕头，藿香茶泡好在钵头里，要喝你自己舀。

我的心被她温暖着，喊着："代表同志姨，你忙你的。"

说着就爬上她家的门板，仰面躺着，望着星星在天幕上渐渐密布起来，纤云在弯月旁飘过，随意地变幻着各种各样的图案。而那河沟里、池塘里的青蛙早已吱咕吱咕的响成一片了。没有儿时这样的经历，哪能感知"听取蛙声一片"的美妙梦幻。

渐渐地，小凤儿就来了，她只能挨着我坐着，却不能躺。开始有几次她也是躺着的，代表同志姨总是训道："要躺回自己家去，女孩儿家在别人家里不许躺，要有规矩。"几次一来，她就再也不敢了。

曹大金家的厨屄茄儿来了，方惠琴的大兄弟惠民也来了，曾家老太太的童养孙媳妇萝儿姑娘也来了——

孙大爷一手拿着一把大芭蕉扇，一手拿着一把黄铜铮亮的水烟台，坐在竹躺椅上问道：上回书说到哪里了？——然后就开始"话说"，开始"花开两朵，各表一枝"，渐渐地渐渐地情节就热闹了起来，终于说到"说时迟，那时快，只听得'嗖'的一声，那番将的脑袋就像西瓜似的刺溜一下滚一边去了"，男孩子们就有了兴奋的欢呼，女孩子们就有了惊恐的"喔唷"！

开始时，"代表同志姨"总也是坐在一旁听上一小会儿的，喝上一碗茶，甚至抢过水烟台也吧嗒两下子，借此休息一下一天的劳累。每当孙大爷唾沫星子四飞讲得精彩生动时，她会在一旁插上一句"活嚼蛆"，表达她对她男人的欣赏与不屑。说着就站了起来，跑进里屋去忙她的活儿去。活儿忙利索了，就洗澡了。

夜渐渐地深了，空气中就有了露水，我和小伙伴们全都不在意，正听得如痴如醉之时，发出话来将孙大爷吃喝住，将我们哄回家的，就是这个"代表同志姨"。

"孙贵同志，都什么时候了，还不挺尸（睡觉的俚语）去！"

代表自打当了"代表"后，就把"同志"两字，滥施于所有的对象。

这不，她又吃喝开她的丈夫同志了。

声音是从里屋发出来的，随即，人就站在场心了。她那身体的姿态总是将脖子歪在一侧，一手掬着刚刚用皂角洗过的头发，一手拿着一把扬州木梳子梳啊梳。

"我说小同志们，都回去睡觉，天不早了，明天还要上学！"

"代表同志姨，再让孙大爷说一小会儿了，求你了。"

孙大爷正说到"八大锤大闹朱仙镇"，无限紧要处，自己也不愿停下来，拿眼角瞟着他的老婆同志："代表同志，还有十分钟。"

"五分钟也不行，不看看是啥辰光了。"

代表黑丧着脸，甩了甩头发上的水珠子，放下木梳子，不由分说地收拾起来，将桌椅板凳、锅碗瓢盆都弄出很大的动静来。

故事是讲不下去了，孙大爷草草收场，说一声"要知后事如何，且听明天分解"，我们也只得恋恋不舍地走了。

我们小孩子对"代表同志姨"的感情是很复杂的，既爱又恨，可真的很怕她，她的话谁也不敢不听，她的规矩谁也不敢不遵守。

外祖母却说：这个代表啊，是西街头一个真正的大好人，所幸有了这样一个"代表"当副队长，要真由着常新万瞎胡搞，西街头的人就都得喝西北风了。

生产队的地里种什么，种多少，都由代表说了

芦花瑟瑟

算。新万有时也想插一杠子，代表就说："我说老常，你就算了吧，种田的事你不懂。"一句话就把他堵了去。

只要上级领导不下硬杠子，代表同志姨给各家各户分的自留地也是尽可能的多，房前屋后的空地能不算的都不算在自留地的指标里。

新万说："这样不妥吧，上级检查起来怎么办？"

代表说："那各家各户吃菜都跟你去要？"

新万也就无言，上级检查起来，也跟着瞒报。

"大跃进"年代的那些"吃人饭不屙人屎"的事真不是一点儿，深翻、密植、打擂台、放卫星之类，西街头生产队也都是要搞的。代表同志姨由着新万去做"政绩工程"，所得的奖状也全挂在新万家的茅屋里，新万也就由着代表去办"民生民需"。所以，我们西街头生产队在大饥荒年代虽然也饿死了人，但总的来说灾情不算严重的。

代表同志姨也早就是党员了，党的阶级政策她也是必须掌握的。所以大家都出一天工，别的妇女能记上八个工分，外祖母只能记六分。但在每天派活时代表同志姨总是对外祖母说：周李氏，你年纪大了，就做这个吧。全都是外祖母力所能及的事。

代表同志姨对我的大姨更是亲如姐妹般，大姨能当上生产队的会计就是她力荐的。她说我大姨正派、能干，让她当会计大伙都放心。新万说不妥吧，她家成分高。代表同志姨说那你就说出一个人来，新万也推荐不出来。就这样大姨当了四五年的生产队的会计，直至她1960年远嫁西北。虽然大姨是个绝对正派人，从来也不会利用会计职务谋私利，但起码能做到与男劳力一样记工分，作为一个地主子女，她这就很满足啦！

新万还未曾结婚时，他就想大姨的心思，三番两次地央求着代表出面做媒人。代表一口就回绝了。

代表说："你不是在土改时还打了周李氏五六个大嘴巴子，现在却说要娶人家的女儿，这话怎么说得出口？"

新万说："一时一时的事，都怪年轻不懂事。周家姆妈要答应了，我去给她磕三个响头！"

代表说："那也不行。我说老常同志，你平常不是口口声声说要与剥削阶级划清界限吗，怎么又糊涂了？你要想娶周会计，首先你这共产党员就甭当了。"

新万又无言。

代表背地里告诉大姨说："老常想你心思呢，做

芦花瑟瑟

他的春秋大头梦！你别怕，有我呢！"

其实大姨人长得并不漂亮，只是五官端正、身材适中，是极能干也极能吃苦的人，为人处世在不经意间就有一股凛然之气。新万在大姨面前无形之中就矮三分，常常连句话都说不周全。

就这样拖啊拖的，新万就结了婚。

1958年公社化，外祖母又被五花大绑押上了批斗台。那些空洞无物的"血泪控诉"，外祖母一句也没有听进去；谁发的言，谁喊的口号，她一个也没有记住；但是，常新万又打了她几个嘴巴子，外祖母到临死时也没忘记。

新万原本住在外祖母家湖对面，湖上又没有桥，绕道就大老远的，两家从祖辈起就素无来往，哪有什么"阶级仇，民族恨"？根本无从谈起。是工作组一再地动员与号召才挑动了新万的"仇"，即便如此，这"仇"也是淡淡的。新万要表现，要当干部，才动手打了外祖母。乡村的勇敢分子一般都如此。但这一"打"，却打出了外祖母对新万的"阶级仇"。

批斗大会后，外祖母被关押在一个黑漆的小屋子里三天三夜。第三天夜半时分，代表敲着大姨房间的后窗把大姨喊起来："婶娘没事了，明天就放出来了，你放心。不过，明天你们家就扫地出门了，你赶紧收拾一点换洗衣服和吃物东西，我给你带出去。到天一亮，就什么也带不出去了。我在后门口等着你，你要快点。"

大姨赶紧收拾了一些衣物和粮油，塞满了一个大麻袋。代表对大姨说：这事天知地知，你知我知，永远不能说出去。过了几天，外祖母和大姨在生产队指定的一处茅屋里安顿好了，就去秘密地取了回来。

前几年，母亲的兄弟姐妹在我家聚会时，年过八旬的大姨又很激动地说起这件陈年往事，她涕泗满面地说道："要不是代表，1958年我们全家不被饿死，也会被冻死的！她是我们老周家的大恩人啊！"

只是一直就没有机会报答她啊！代表同志姨已死有十多年了。

我听了，眼眶一下热了起来，回忆起小时候听说书的情景，眼前也全是"代表同志姨"。

在我印象中的"代表同志姨"实在是一点也不好看的，皮肤那么黑，眼睛那么细，嘴唇是瘪嘴儿，下巴也是"炒瓢儿"，想不到她竟是这样伟大的妇女。

村长常新万和他的算命瞎子的爹

常瞎子智破梦魇症

"西街头"其实没有村，只是政府将那街尾巴上的二十多户人家划成的一个基本行政单元而已。当了近二十年的老村长常新万的家就在马路北边的两间茅草窝棚里，距马路与外祖母家南边的"L"形湖等距离。

公社化前，新万的父母都还活着。新万母亲一年四季四病八灾，除了到湖边上淘米洗菜，基本上就足不出户，以至于我已经完全回想不起她是个啥样子。新万父亲的形象是鲜明的，一个瞎子，且是一个"算命瞎子"，戴一副棕色眼镜，穿一袭灰布大褂子，一只手挂着一根长长的竹竿在街面上"嘎嘎"地探路，另一只手捏着两片锃亮的铁板"当当"地敲着，每天都在街面上来回走上好几回。

三兴圩镇这条街上有两个算命瞎子，一个是东街头的马瞎子，一个就是西街头的常瞎子，全都是祖传。

据大人们说马瞎子要比常瞎子算得准一点，但是常瞎子的威信也不低。

我母亲曾找马瞎子为我算过命，说我是"一生事业晚来隆"，我妹妹也曾找常瞎子为我算过命，结果奇了怪了，也是"一生事业晚来隆"这七个字。可我都快七十了，既没事业也没钱，也就是落了个粗茶淡饭，吃喝不愁而已，哪有什么"隆不隆"的？心里想，也许不是这个"隆"，而是那个"聋"吧。

闲话少叙，且说这常瞎子最为乡邻们挂在嘴边的经典案例就是他为吴姑娘的大女儿治好了"梦魇症"。

吴姑娘是个老寡妇，住在三兴圩镇的中街，房子坐西朝东，屋前有一个不大的广场，是曾经的小菜市场，北侧就是后河，河面上有一座破旧的木质危桥，清早，卢大海家的快船就停在这儿装货载客。

吴姑娘膝下有两个女儿，大女儿叫吴秀贞，小女儿叫吴秀英，贞儿黑一点，英儿白一点，其他身材相貌都没有什么区别，全都是小镇上一等一的漂亮女孩子。

芦花瑟瑟

贞儿也是我小学同班同学，年龄却比我大三四岁，个头儿也比我高一个头，所以当我的喉结还没有长出来时，她早就胸脯挺得老高的了。

贞儿虽然漂亮，却仍然不是小学校里最漂亮的女生。

我们那个小学十二个班，每班有六十个人左右，也算是个大林子了，什么样的色彩斑斓的翠鸟儿全都有，但全校最漂亮的女生不在我们"六北班"，而是"六南班"上的区雅茹。茹儿家是我们家的东隔壁邻居，原本开一家杂货店，父亲是老实本分的木疙瘩，母亲却是小镇上有名的风流女人。茹儿的身高并不高，大概略比周迅高一点吧，茹儿的漂亮就漂亮在一双水汪汪、黑漆漆的大眼睛，会说话，会勾魂，一般男孩子都不能正眼看。还有就是她那个身体圆圆肥肥的，皮肤白洁得有光辉。自从我后来知道有"人间尤物"这个词，就将它与茹儿挂钩了。

我们小学里的漂亮女生实在多，茹儿啊，贞儿啊，英儿啊——兰姑娘家的"破窑里烧出的好砖头"小凤儿根本就排不上号。

这些漂亮女生中还有一个是三里桥来的马宝莲。宝莲可是我们"六北班"的，瓜子脸，眼睛虽然没有茹儿那么好看，可她身材窈窕，长发飘飘，个头儿高，坐最后一排。如果在当今，宝莲一定是当模特儿的料，所以大家都说她是"大洋马"。大洋马尽管漂亮，却有一样大毛病，就是憋不住尿。有时上着上着课，忽然间身后就水声澎湃了，原来是坐在后排的这位大小姐撒开尿了。撒尿后的宝莲嘤嘤地哭着，老师就指令班上的两个大女生送她回家了，三天两天没脸来上课。这样的事，一学期总要发生三五次。

我们小学的几乎所有的漂亮女生都只围绕着一个漂亮男生转。这个男生是"六南班"的，姓啥叫啥我可真忘了，只记得他有一个搞不清来由的外号"小棕熊"。小棕熊的外貌有点像姜文，学习成绩中下等，但他是学校篮球队的队长，身手矫健，在对手的人群里左一晃右一摆的"三步上篮"的姿势实在美极了。小棕熊的父亲是上海老工人，一个月有百把十元工资，所以有钱，穿得好吃得好，早就穿皮鞋戴手表，还有灯芯绒的外套，海毛绒翻领子，藏青色呢大衣——他与他篮球队的弟兄们混得可真好，有钱招呼他的弟兄们吃喝。他的弟兄们也全都是漂亮男生，铁匠铺的张祥，药铺店的杨军，烧酒坊的邱马哈——以小棕熊为首的这几个漂亮男生们放了学就聚在一起打篮球，打完篮球就去吃羊肉香菜粉丝汤，一边吃一边在一起算计漂亮女生，今天约这个出来谈谈心，明天

芦花瑟瑟

约那个出来说点事，不外乎天黑时分去高粱地玉米地里行点暧昧之事，也无非是搅舌撩胸，摸摸下身之类的，也没听说有更出格的事。

漂亮男生们因为有个领袖，所以他们是团结的，而漂亮女生们却都是各自为政的，一个不知一个的事。一段时间后，贞儿就被小棕熊淘汰了，小棕熊只缠着茹儿一个人。铁匠铺的张祥要和贞儿好，可是贞儿不愿意，感情就纠结了。

小学里发生的这些事，像我这样的小男生当初是全然不知的。也是后来上了初中后，那个药铺店的杨军跟我说的。他与我考上了同一所初中，那初中离家十二里地，我们都是寄宿生，每个星期来回的路上有大把的时间扯闲篇。

贞儿小学毕业后没有考上初中，她实际上得了相思病。差不多就在落榜的同时就开始"夜魇"了。听大人们后来传说，贞儿一到夜间就有一个白骨森森的鬼将她的魂灵摄了去，带她飘飘渺渺来到乱坟场，在一个固定的坟头边压在她身上。她喊也喊不出声，拒也没力气拒，整个身子软绵绵，手脚都没有一点力气，听任白骨鬼夜夜折腾到鸡鸣。天明后，她才勉强有力气睁开眼，瞧瞧四周围，床还是那个床，房间还是那个房间，可她分明记得她是在乱坟场的。

也就十多天，贞儿就脱了形。吴姑娘一开始也没在意，后来问贞儿，贞儿死活不开口，吴姑娘就叫了常瞎子来算命。

常瞎子怎么算的，我也不知道，也没听大人们说起过，我也想象不出来。

总之他想了破解之法：在吴姑娘家的桥头点上七七四十九盏灯，又在乱坟场烧上七七四十九堆火——连续三天，从子时至辰时。

贞儿的病果真就好了。

再后来，正常地为人妻，为人母。

前年春天，我年届九旬的老母亲去世了，为了向长辈们还礼，我与两个妹妹下乡拜访七姑八姨，居然就与贞儿不期而遇，虽已是白发老妪，眉眼间仍有小时候的风韵，说起小时同班同学的事，大家都挺开心的。

当然梦魇的往事是绝口不提的。

常村长勇斗常瞎子

新万父亲是瞎子，新万不瞎；新万的父母中等身材，新万却是侏儒；可见人的遗传因子往往是不可靠的。也正因为父子长相迥异，带来了新万身世之谜。

芦花瑟瑟

但传说也并不隆重。

土改那年，新万已经二十多了，身高却只有一米四左右，个头儿虽矮，脑袋却比一般正常人还要略大一点，四方大脸，浓眉豹眼蒜头鼻，就像《薛仁贵征东》《薛丁山征西》《罗通扫北》里的番兵番将。新万的嗓门也特别大，当年我曾听过无数遍他"开会啦，开会啦"的吆喝声，真是一副"喝断长坂水倒流"的好嗓子。

如果新万生在现在，他就有条件成为时下歌厅里颇为抢手的"侏儒歌星"，比一般美女歌星挣钱还要多一些。上面也曾说过，那个小学同班同学马宝莲如若在现代也能成为模特儿，不由感叹，过去那个时代真是埋没人才了。

不过，即使在过去的年代，新万也是明星，不是歌星，而是政治明星。

区上来的土改工作组在西街头住了半拉月，把家家户户的祖宗三代基本摸清了，用黄表纸张榜公布了每家每户的成分。二十几户人家中被定为贫农成分的就有十几家，但贫农之间也有程度和等级的区分，常新万和曹大金家都是上无片瓦，下无寸土，属于顶级的"贫雇农"。

其实，说他们贫农是恰当的，说他们雇农完全牵强。无论是新万还是大金，他们这一代，以及他们的上一代都没有给地主人家扛过活。新万父亲的父亲也是算命的，大金父亲的父亲也摸鱼捉虾的，他们都不会农活，都没有当过长工或短工。至于这两家中又是谁家更穷更革命呢？这个问题谁也说不清。但由于"算命"这个职业是封建迷信活动，再加上新万长相的丑陋无比，所以工作组一开始并没有打算培养新万，而是培养大金的。

是大金自己不争气，他不是当干部的料。新万虽然长得丑，可继承了常瞎子察言观色、能说会道的本领；又由于他小时候跟着常瞎子走街串乡，对四乡的情况纯熟，能给工作组提供情况；对时势敏感，能说流行的政治术语，所以新万很快得到了工作组的信任，成了工作组第一个重点培养的积极分子，入了党，被指定为村长，党员多了几个后，成立了支部，新万又成了支书。一个党的基层领导干部就这样炼成了。从此后，新万一年四季都穿着四个口袋的中山装，左前胸的口袋别着两支钢笔。

大金连党也没入了，只当了一个普通不过的贫协委员。

土改的这一段经历使得日后最不服常新万管的就是曹大金了。解放后十多年的政治运动中，这两户最

芦花瑟瑟

革命的贫雇农相互之间一直明争暗斗，新万说大金丢了贫下中农的脸，大金也说新万丢了贫下中农的脸。大金指的是新万的外貌，新万则指的是大金的阶级觉悟。

大金看不起新万，经常散布新万的坏话，说他是"溜沟子"上去的。其实，当干部得有天分。旧的科举制度早已废除，新的考核制度直到今天也没有完善，"溜沟子"就是重要的天分。

大金虽然不服气，但不得不受新万的管，受他十几年的气。

从1950年土改，直至1966年"文革"，西街头的所有政治运动都是在新万的领导下进行的。

客观地说，作为基层组织的领导人，新万基本上是称职的。他不贪污，想搞女人但没听说搞成的，多吃多占当然是不可避免的，但也不算严重。

更难能可贵的是他以身作则，不徇私情。即使对父亲的封建迷信活动也是毫不客气的。

解放初，党的政策也不紧，常瞎子还是经常在街面上出没，给人家算命、看风水，虽说不能发大财，但赚满全家的生活费及自己的老酒钱，那是一点问题也没有。到了1956年合作化后，乡间开始"兴无灭资""移风易俗"了，首当其冲的就是取缔封建迷信活动。

潘书记在乡里召开的干部大会上点名：常新万！

新万赶紧站出来说：到！

潘书记说："你那个爷老子算命的事，群众反应很大啊！从明儿起，取缔算命，回去把你老子给我管住了，他要再搞封建迷信，我就开除你的党籍。"

新万当场拍胸脯子保证："知道了，潘书记，向你保证！"

潘书记说："我不要你什么保证，我要实际！"

新万说："是！"

新万回到家里，常瞎子正歪躺在床上。

新万掀起被子往地上一扔："老子今天跟你说明白，老子是共产党，共产党不兴搞封建迷信，你懂不懂？你要是再出去算命给我知道了，别怪老子对你不客气。"

"怎么个不客气？"

"开大会批斗你，游你的街。"

常瞎子说："你敢！反了你小子了，六亲不认，再怎么说，我也是你爹，我不管你小子，你倒来管老子。"

新万说："不是我要管你，是共产党派老子管你。爹不爹的另说，你要再出去算命，老子敢打断你的腿。你信不信？"

知子莫如父，常瞎子知道这龟儿子有股邪劲，说得出也做得出，他被唬住了。

潘书记又在干部会上表扬新万："打铁先得自身硬，当干部的就得向常新万同志学习，以身作则，大义灭亲。"

有位朋友新近说："大义灭亲"是汉语中一条最王八蛋的成语。

从此，这条古老的街道上就永远湮没了"常瞎子算命"这道风景了。

常瞎子没"命"算了，也没了钱打老酒，整个一个人就没了精气神，废了，活不了两年就死了。

常瞎子死时正值大饥荒年间，新万将他爹苇席子一裹，埋在"L"形湖旁，竖了一个新坟头。

新万这辈子

新万这辈子真不容易啊！一个侏儒却能成功地当了小二十年的村长。

毕竟长得太丑了，升迁的可能性是没有的，被撤换的危险是始终存在的。但直至"文革"，新万都是有惊无险的。

新万不是靠请客送礼，自己穷得嗒嗒嘀，哪有什么礼可送的；也不是靠过分的马屁，好话当然常常说，但过分丢人现眼的马屁话，新万也是不肯说的。靠的是这小子脑子活，领会领导意图比较快，也比较准，用林彪的话说就是两个字——"紧跟"，而这点天分，是常瞎子传给他的。

土改时，他领着人拿着皮尺子分田地；合作化又领着人去拔地界的木桩子；吃食堂的那年，他领着人去一家一户地砸锅毁灶——

"村看村，户看户，社员看干部，干部都看党支部，支部看支书。"在新万的领导下，西街头各项工作都是走在全乡的前头，锦旗和奖状得了可不老少，挂在他家几十年不变的窝棚里。

三年困难时期，他也只不过将生产队的胡萝卜给自己家中多抬了两箩筐，算不上大问题。四清那年，说有事儿，到底也没有大事儿，架不住成分好，阶级本质是好的，小小的多吃多占也就算了，新万也很早就洗澡过关了。

但最终，新万没有能逃过"文化大革命"。

不是有句俗话嘛，别把豆包不当粮，别把村长不当干部。村长好歹也算是一个当权派嘛，管几十户人家，百十口子人，不小啦！城里的幼儿园的园长才是最小的官，一个园长，领着三两个老师，管着几十个

芦花瑟瑟

幼儿。就那，还有资格当走资派呢，何况村长。

"文革"初期，只要是当权派，那就是走资派了。新万也被斗了，戴了几回高帽子，游了几回街。斗他的人没有一个是地富子弟，全都是年轻一代的贫下中农子弟。其中就有曹大金的两个儿子"屙屎茄儿"与"臭屁黄猫儿"。曹氏兄弟一人拿一根皮鞭子边抽边问："说！你是怎样打击贫下中农的？""我爸也是三代贫农，你咋不让他入党？"新万那时心气低了，心中并不记恨他们，没有大形势管着，曹大金家的这两个小狗崽子哪能是他的对手。新万只是想不通，也丢不起脸，竟一病不起。

新万的病越来越重，他躺在床上总结自己的一生：我常新万这么多年容易吗？不就是个残疾人，领导看得起我，不嫌弃我，让我入党当干部，村长的官虽然小了些，也没有正儿八经的工资，可不管出工不出工，也记十二个工分。曹大金又怎么样呢？人比我长得漂亮，有屁用，不照常也得服我管。这辈子也算没白活，知恩了，也知足了。这么多年，我就当自己是孙子，没有过二心，可怎么连自己的孙子也要整呢？走资派？笑话！我这种人走的哪门子的"资"啊！这不放臭屁吗！不还是住的茅草房，喝的粰子粥吗？想不通啊！

新万这一辈子，其他问题都想得通，唯独对"文化大革命"永远想不通。

"文革"第二年，西街头的一代明星常新万就这样没了。

他是病死的，没有人对他的死亡负责，"文革"后也没有平反一说。

新万活着的时候，外祖母对他很仇恨，因为他土改时打了她五个大嘴巴子，因为他公社化时又打了她五个大嘴巴子，因为他在未婚时居然想娶我的大姨，吓得我大姨躲避瘟神似的赶紧远嫁，去了陕西，母女难得再聚首。

外祖母说起新万是牙齿咬在肉里的，她说西街头的坏人只有他一个人，咒他不得好死，咒他养的儿子没屁眼。

新万死了，外祖母很高兴，她对她的儿女们一再宣示说：我早就说过，坏人没好报，灵验了吧!

地主分子的外祖母对贫农出身的常新万确有阶级仇恨了。几十年的阶级斗争、阶级路线、阶级政策，不仅仅将仇恨种在了贫下中农的心里，也将仇恨种在"阶级敌人"的心里了。

外祖母一生过得当然极凄惨，但她毕竟活了九十岁。外祖母死后，舅舅姨姨们的聚会当然是以他们的

大姐姐即我的母亲为首的，我居家奉慈十多年，得以常常组织并参与。家族的兴亡，父母的遭遇，是永远的话题，每次都忘不了倾情大骂一通常新万。只有我在一旁常常给他们浇凉水，唱反调。

我对他们说，新万够不上是坏人，甚至基本上算是好干部。长辈们都白眼看着我。我说哪一次组织斗地主不是上级布置的任务呢？新万打过外祖母，但他也只不过打了几巴掌，并没有往死里打。要在北方，外祖母说不定早就被打死了。新万自知不会种地，就将农业生产的指挥权交给了副队长"代表同志姨"；新万当村长十几年，基本上没贪腐——

每次我这样给新万评功摆好后，长辈们全都很服气，说还是你说得对，于是就转移了话题。

可是，当下一次聚会时，说着说着，他们又倾情大骂一通常新万。

野驼子

1960年大姨远嫁西北后，生产队的会计就由野驼子当了。

野驼子姓陈，二十五六岁，父亲早没了，家中只有六十多岁的母亲，还有三十多岁的姐叫陈秀英。

秀英嫁过人了，还没来得及生育，男人就死了。

过去国人常说我们中华民族如何如何的"民风淳厚"，其实那是大大作不得真的。比如乡间对待寡妇的态度，实在是既不"淳"来也不"厚"，而是既愚昧又刻薄。一个过门不久的新媳妇，男人死了，又不是谋杀亲夫，原本就是万分不幸之事，理应完全继承丈夫应得的财产，并应受到包括婆家在内的社会的同情与关心，然而在旧时的中国农村却要被人指指戳戳为白虎星、克夫命。

秀英最终为婆家不容，万不得已又重新回到娘家

来，和年迈的母亲和驼背兄弟相依为命，一辈子生活在"克夫"的阴影之中，后来又受尽了弟妇之白眼。

野驼子的个头比新万还要矮一点，背上的肉驼子小山似的拱着，也是大头，却是猪腰子脸。驼子能在家里或房前屋后蹒跚地行走，出门时一般都借助于一条特制的短板凳。他将两手端着这条一肩宽、齐胸高的板凳，先将它往前移动两尺左右的距离，两腿随即向前蹦跶两尺，再将板凳向前挪动，再蹦跶——如此重复简单的动作，野驼子做得熟能生巧，频率快得惊人。频率越快，幅度也越大，身姿都很协调，简直可以用"快步流星"来形容。只要没有沟沟坎坎，几里路的短途交通完全不成问题，由此，乡亲们称他"野驼子"。

野驼子原是一种乡间常见的昆虫，个头儿大约比三尾巴蟋蟀大一点，但没有硬壳，也没有翅膀，只有几条（或六条、八条）细细长长的腿，脊背高耸着，通体是那种让人看了特别不舒服的肉白色，几近透明，通常藏身于潮湿阴暗的屋角，出没于夜间。发现它们是很容易的事，农村里家家户户都有腌咸菜的坛子，坛子周围的地一般都比较潮湿而松软的，且带有咸味，只要移动一下坛子，立刻就会有一群野驼子蹦出来。人类对待它们的态度通常都是毫不犹豫地赶上去，乱踩几脚将它们踩死，对于侥幸逃脱的也由它而去并不追赶。至今我也不知道野驼子的动物学名是什么，也不知道究竟是益虫还是害虫，只是因为它的形体而讨厌它，却并不害怕它。[1]

化作人类形状呈现在乡亲们面前的野驼子智商不低，口齿也相当伶俐，会写一手好毛笔字，会打算盘。野驼子原本是挣不了工分的，当了会计后每天坐在家里也能挣上十个、八个工分了，又有了权，攒着社员的工分与分配在手心里，他的社会价值陡然提升了，不知不觉间就有了几分人模狗样。大姨当会计时，工作尽职尽力，小心翼翼，对社员也比较巴结，唯恐哪里出差错，得罪了人，与成分一联系就麻烦大了。野驼子则不然，仗着下中农成分，又颇会弄权，社员都要巴结他。包括常村长在内的所有社员干部当面都叫他"陈会计"了。生产队每次开会，常队长人五人六地坐在中间做报告，副队长代表往往坐在下面纳鞋底，关键时刻行使否决权，只有野驼子坐在新万旁边轻轻地拨拉桌前的算盘珠子，桌前还垒着几本账本儿，俨然一副二当家的架势。

李楞子当街骂道："矮鬼当家，二鬼把门，西街

_____

【1】　校友李包罗指出："文中所描述的小动物'野驼子'，我怀疑是北京小孩（当我们还是孩子的年代时的孩子，现在的孙子辈们可能都不知道了）叫做'灶火马子'的东东。"

芦花瑟瑟

头完了，翻不了身。"

经济地位和政治地位的改变，野驼子就有了身价，于是娶上了老婆。老婆也是驼子，个头儿与他差不多，可能是坐床喜，刚满十个月就给他生了个儿子，儿子个头儿虽小，却不是驼子，看来驼子不遗传。

媳妇进了门，孙子又生下来，陈家老太太心上的一块石头终于落地了，她觉得对陈家的祖宗八代有了交代，打心眼里十分感谢这个驼子儿媳。

谁知道这个驼子媳妇却是个厉害角色，进门不到三个月就开始和姑婆闹摩擦，及至生了儿子那就更着不下了。在她看来，她已是这个家名正言顺的当家人，大姑子得赶回她的婆家去，婆婆得把钱匣子的钥匙交出来，粮食缸子得放在她的床头边。

陈老太呢？陈老太有陈老太的考虑。儿子的事虽然可以丢下了，但女儿的事成了她后半辈子的牵挂。她看出驼子媳妇不是什么良善之辈，她不能让女儿在驼子媳妇手下讨生活，于是死活不肯将大权交出来。于是驼子媳妇白天就开始做嘴脸、挑刺儿，婆媳之间天天吵架，相互挤对，冷嘲热讽；晚上则拿冷屁股对着男人的脸。野驼子长期与寡母寡姐生活在一起，原本就有一种相依为命的感情，但在媳妇的威胁下越来越失去立场。丈夫的软弱，使得那女人越发气焰嚣张，摔罐子摔碗，大打出手，鸡飞狗跳，鸡犬不宁，最后的结果是分家。

三年困难时期所有的农家全都是一贫如洗的，更何况这个残疾人家，有什么好分的？分家无非是分吃喝。屁股大一块地方，支上两爿炉灶，放了两张吃饭的桌子，这日子怎么过？这一边是两个命薄如纸的寡妇母女，那一厢也是一对命苦黄连的驼子夫妻。邻居们对他们都很同情，但他们相互之间是没有同情的。

好歹这也是两代人之间的分家。

我家还有一个老姑奶奶和老姑爹，解放前是桐州城里开布庄的，自然就是一个小资本家。一个儿子学生时代就是地下党，解放后在北京当大干部，女儿女婿在上海的一所大学里当教授，还有一个小儿子不知犯了什么事被发配在农场劳动教养。没出息的儿子自顾不暇，有出息的儿女只顾自己，谁也不肯将父母接去尽孝道，怕被认为与剥削阶级家庭划不清界限，这一对老人只好孤零零地生活。1960年时，一个七十三，一个七十二，眼看着就活到头了，可也闹新鲜地分了家。

那时，我已经在城里上高中了，母亲常叮嘱我星期天去看看两位老人家，所以他们的事我知道一些。

芦花瑟瑟

首议分家的老姑奶奶向我诉说："我的定量是每月二十二斤，老东西的定量是二十四，比我才多二斤，我们在一起吃，他吃的差不多是我的双倍。他饿鬼爬肠，一拿起饭碗就抢着吃，我哪儿抢得过他，我一碗薄粥还没有喝完，他已经两碗下了肚，这样下去，我不得饿死。我可不愿意这么早就饿死了！我还想留着这条老命过共产主义呢！"

老姑爹对我说："你老姑奶奶一个干瘪老太婆，体重才七十六斤，哪能吃得了二十二斤定量，我一个男人才二十四斤定量，这本身就不合理，沾她一点光也是应该的。可你那个老姑奶奶一点共产主义风格也不肯发扬，一点亏不肯吃，真是一个自私自利的家伙，这种人思想真得好好改造改造。"

"我自力更生倒要好好改造，你多吃多占倒不要改造？你这是拿着手电筒专照别人，马列主义专门对外嘛！"老姑奶奶反驳道。

这老两口子都有文化，都看报纸，说起话来都有时尚新词汇。我在一旁听着感到滑稽，感到悲哀，一股凉气直透后背，劝谁谁也不听。老两口都想保住一条命去过共产主义，愿望很美好，理由也很正当，谁也说不服谁，终于分了家，粮食分开储藏，票证各自收藏，分开买，分开烧，分开吃。

男人总不如女人会过日子，不会精打细算、细水长流；男人的身体似乎也不如女人耐得煎熬，一年后，老姑爹饿死了。

老姑奶奶抚尸痛哭："早知道这样子，真该让你多吃一口的啊！"

老姑爹死后，老姑奶奶又活了好几年，她死于"文革"开始的1966年，是被抄家的红卫兵吓死的，终于也没有过上共产主义，甚至连改革开放后不愁吃穿的日子也没有过上。死后，在她的一件羊皮袄的夹里发现有一叠花花绿绿的各式票证，光是全国粮票就有100多斤。

这是题外之话，搁下不提。

野驼子媳妇的分家要求最终得以实施。陈老太领着寡妇女儿单过，日子倒反而过得安定了。

那女儿陈秀英十分有姿色，人高马大，白白胖胖，说话细声细气，特别温柔，见人总是笑嘻嘻的。多少有家室没家室的男人都想她的心思，她却最终冰清玉洁。俗话说"寡妇门前是非多"，陈秀英守寡一辈子，她是心静如古井之水的，一点是非也不沾。可见，寡妇的是非也完全在于本人的操守。

不过，时代已经大不一样了，有点绯闻的寡妇也不见得就是什么坏事。

四世同堂的工人阶级家

西街头有一户工人阶级，仅此一户，姓曾。

一个七十多岁，大字不识一个的小脚老太太是这户人家的缔造者。缔造者只要不是死得早，往往就成为集权者了，曾家老太太也这样。

曾老太的两个儿子都在上海的一家造船厂当工人，两个媳妇在家带着孩子种着地。大媳妇生了两男一女，二媳妇生了一男两女，大孙子政国却是二媳妇生的，比我大三岁，很早就由老太太做主收下了一个童养媳，叫萝儿。政国与萝儿结婚后生了两个孩子。这样算起来，全家有十四口，组成了一个四世同堂的大家庭。

老太太强势而明理，婆媳关系处理得极好，那哥俩、妯娌俩全都在老太太的权威领导下服服帖帖，一家人和和睦睦，安定团结，谁也不敢出什么幺蛾子，谁也不敢提分家这类事。

兰姑娘、水琴奶奶等老邻居们都由衷地称赞曾老太：

"曾家老姐姐，你那两个媳妇那么标致，又都不是省油的灯，你怎么有本事把她们捏拢在一块，没见谁敢翻泡儿？"

曾老太最爱听这样的话，最受用了，她踌躇满志地说：

"我是谁呀？我这人啊就是缺点文化，我要是能识几个字呀，屁股也能打人呢。"

兰姑娘说："乖乖隆的咚，韭菜炒大葱！你有这么厉害？屁股咋打人？没见识过，你打一个我瞧瞧"。

曾老太太就稍稍弯下腰，将屁股一翘说："过来呀，看我屁股怎么打你？"

兰姑娘、水琴奶奶都笑了，齐声骂道："老骚逼！"

老姐儿们乐一会，散了。

不过，曾老太的厉害与能干确实是远近出了名的，那么大的一个大家庭，安定团结的局面可不是吹出来的。

解放初时，曾家那两兄弟四十岁不到，都有十多

芦花瑟瑟

年工龄了，即使是在上海也能算得上老工人，每人每月工资都在八九十元。[1]

我父亲在镇上担任工商联主任兼棉布合作商店经理，月工资只有三十四元，而这在小镇上的百余名商业人员中已经是最高的了。曾家兄弟无论哪一个的工资竟都是父亲的近三倍，这个差距也实在太大了。

经济的富裕，老太太的权威，撑起了一个繁荣昌盛的大家庭。

换了解放前，外祖母家也是这样的大家庭。

外祖母生了三男四女，个个相貌堂堂、智力健全，个个都有文化。大儿子解放那年高中毕业，很顺利地考上了上海交大。

这是当年西街头唯一的一名大学生。等到十年后我考上清华，这才算是有了第二个，可我还不能算是真正的西街头人。

西街头的读书种子是我的大舅舅，在他的影响下，二舅舅、小舅舅、小姨都奔着读书这条路上去，而我又是受了二舅舅的影响。

我上小学时的学习成绩并不好，一般都在班上的

【1】 我有一位高中的同班同学，和我一个乡，他的父亲是上海一家玻璃厂的老工人。前年聚会时，我问他："你父亲每月的工资有多少？"他说："我也不知道。"我说："有没有八十元？"他说："不止。"我又问："有没有一百元？"他说："不超过一百元。"

二三十名间，最好的成绩不过是班上第十一名。小学毕业考初中，报考的是桐州府最好的中学，错了一道算术题，结果被统分到县里一所新办的初中。不知什么缘故，一上初中我就觉得开了窍，成绩越来越好，开始得第一名了。

成绩拔了尖，自我感觉就好了，"雄心壮志"就来了。

我问二舅舅：中国什么大学最好？

二舅舅说：清华、北大。

我又问：清华、北大，哪个更好？

二舅舅说：清华。

我说那我就上清华。

二舅舅大笑起来，敲敲我的脑袋说：吹牛皮。

我说：猫儿不吃蟹，摆起来瞧。

那是1956年下半年的事，我刚上初中一年级。

有了二舅舅的启蒙与激励，我后来就果然考上了清华。

解放前，外祖母的三个儿子都上学，外祖母领着小学毕业的二女儿，雇着两个短工种地。家里的地大概有三十多亩，大部分都是租出去的，所以就有租子收。外祖父在城里的资本家的亲戚家当账房先生，每月也有钱捎回来。缸里有米，手中有钱，吃喝不愁。

芦花瑟瑟

虽然，外祖母一家没有一个从政的，可她娘家兄弟当镇长，这样的家庭当然是有钱有势的。

这个家庭的衰败不是一个自然的过程，不是由于儿孙们吃喝嫖赌败家业的内因，不是遭遇兵警匪盗抢劫或绑票的外力，也不是地震、雷劈、龙卷风、失火之类的不可抗拒的自然力，而是遭遇比这一切都要强大得多的政治外力。

拥有百年祖业的外祖母家一夕间败落了，败落得那么彻底。

在外祖母家败落的同时，曾家应运而崛起。

逢年过节，曾家两兄弟就从大上海回家来了。每次回来都服饰鲜亮，胡茬刮得特干净，下巴上有一缕青光，一式的油光可鉴的大背头，一色的藏青色的哔叽中山装，一式的油光锃亮的皮鞋，腕子上一式的银光闪闪手表，一人一部青布黄包车，从港口直驶家门，一前一后地在曾家屋前的场心里停下来，他们像大人物似的从黄包车上缓缓地坐起来，徐徐地走下来。他们的媳妇儿和儿女们个个都欢呼雀跃地迎上来，围上来，抢着将车上的大包小包的东西拎进屋里去。

"什么东西这么沉？"两位提着包的乡下娘子问。

"什么东西？好东西呗！"那两个工人阶级掩不住的骄傲与得意。

有时恰逢我和几个小伙伴在他们家玩，这样热闹的场面就见过好几次。于是，曾家的那一对妯娌中的其中一人走近来，在我们手心里一人塞上两粒水果糖，说"乖，晌午了，快回家去吧"，将我们打发了。我回过头来看着摆满一地鼓鼓囊囊的大包小包，心中涌上的情绪不仅仅是羡慕，也有嫉妒。

曾家的那一对妯娌真是一对迷人的美人儿。在西街头，除了那死去了的卢大海的媳妇宝姑娘外，她俩就算是最漂亮的女人了。而且宝姑娘一直就是一个"病秧子"，而曾家的那一对妯娌既美丽又健康。大媳妇的个头中等偏矮，皮肤黝黑，眼睛较小，却是那么丰满珠润，鹅蛋形的脸上有几颗雀儿斑，透着一股浑然天成的妩媚与俏丽，有点像上官云珠；二媳妇则有几分像白杨，个头儿却比白杨还要苗条，腰比白杨细，脸比白杨小一点，皮肤和白杨一样的白，眼睛和白杨一样亮晶晶，齐肩的长发，散发出一股桂花油的香味儿。

这妯娌俩是自己知道自己的美丽的，每人的兜里都随身装着一面小镜子，即使在田间地头也时不时地拿出来照一照，吧嗒一下嘴唇，梳理一下云鬓发际的。乡里的干部们都称这一对妯娌是三兴圩镇的一对

芦花瑟瑟

黑白牡丹呢！

曾家的孩子个个新潮，男孩子有皮鞋和马甲，女孩子有发卡和花裙子。他们上学时背着新款书包，含着奶油糖，他们的铅笔盒比我们的都大，还有卷笔刀。他们是那个时代的阳光少年，就连同那个小童养媳萝儿姑娘，也是一天到晚打扮得花枝招展的。

萝儿这名字好听，梦一样，诗一样；萝儿也长得好看，是费平麻子家的凤儿没法比的；萝儿又聪明又文静，又懂事又手勤，说起话来细声细气的，笑起来抿着嘴儿；萝儿虽说是童养媳，不知怎地却有一股大家子气。曾老太对她当作自己亲孙女儿一样疼爱养大的，供她一样好的吃喝穿戴与上学；曾老太将她调教得更好，萝儿姑娘走到哪里都有分寸，有眼头见识。

萝儿姑娘比我大两岁却低两级，她的学习成绩比她那小女婿还要好，很顺利地上了初中、高中，而且还是班上的团支书。

高中毕业那年要考大学了，萝儿姑娘一样做着甜蜜的大学梦，关键时刻却被老太太的一句话拿下了。

老太太对媳妇儿说："不能让萝儿再考大学了。"

"为什么呀？"

"你去告诉她，就说家里背不起。"

"咱们家有什么背不起的？这丫头成绩好着呢，估计考得取。"

"考取有什么好？再上下去，就不是曾家的人了。"

一语点破梦中人，媳妇儿心想到底是老太太屁股能打人，眼睛透亮，见识长远，你不服也不行。

萝儿哭了那么两回，媳妇儿有点点动摇，老太太发完话后就不吱声，对萝儿的痛苦权当看不见。

这位在高中时当了三年团支书的萝儿姑娘到头来拿不出一点点勇气说一个"不"字。年末，老太太就让她与孙子圆了房。第二年，还在技校上学的曾政国就已当上父亲了，曾老太抱上了重孙儿。

"四世同堂"这几乎是旧时代的中国所有老人们的梦，可是能实现的又有几家呢？外祖母也曾有过这样的梦，被无情地摧毁了，但曾家老太太实现了。

曾家兄弟每月寄回家的钱就抵得上几十个农民的全年收入，他们的家眷在农村也是强劳力，形成男做工女种地的工农结合，可算是那个年代的"强强组合"。缸里有粮，袋里有钱，政治上又是统治阶级。虽然他们家没有人当官，可乡里的书记、乡长们不时会到上海去，曾家兄弟在上海招待他们，陪他们逛西郊动物园，看老虎狮子、孔雀开屏，上国际饭店，吃松鼠桂鱼、春雷一声响（三鲜锅巴），公关工作早做到家了。尽管他们乡下的家没有男人在，但不受气。常村长一向对这俩妯娌另眼看待。这俩妯娌也会做人，将男人从上海带回来的布料子，挑自己不喜欢的随便扔一块给新万家的，新万就感激得屁颠屁颠。

与外祖母家不同。外祖母家已经有文化传统，有书香气息；曾家这个家原本是没有文化传统的，自从曾政国上了技校，萝儿也是刮刮叫的高中生，曾家就开始有文化了。到了他们家的再下一代就终于出了大学生，甚至有了留学生了。

曾家的光环几十年间都那么炫目、耀眼，耀得乡人都睁不开眼睛。当西街头的乡人们都过着吃了上顿没有下顿的紧巴巴的日子时，大家全都仰着脖子看着曾家烈火烹油般的日子。

农民算什么？农民翻身了吗？曹大金家翻身了吗？没有！李金安家翻身了吗？也没有！"代表"家的日子过得还算可以的，也是一颗汗珠子摔八瓣，与工人阶级家的日子根本没法比。

一个地主儿子的大学梦

　　我说的这个地主的儿子就是我的二舅舅。

　　二舅舅生于1935年元月，阴历仍是狗年。据说那几日天气特别冷，彤云密布，北风呼号，天寒地冻，大雪飘飘，且又是在早五更。

　　这是外祖父的第五个孩子了，前三个都是女孩，终于第四个生了个男孩，家中大喜。这不，第五个又生了个男孩，按说也是大喜呀，然而外祖父却一点也不高兴。

　　刚吃完早饭，外祖父就准备出门了。外祖母躺在床上呻吟着说："他爹，你不看看孩子啊？"

　　"有啥看头？"说着就头也不回地离家外出了。

　　外祖母这辈子生了七个孩子，四女三男，前三个是女孩，接着三个男孩，收官之作又是一个女孩，我母亲是老大。

外祖母的生育很有规律，三四年一个。生老么时，我母亲已经出嫁，第二年就有了我，所以小姨才比我大一岁，二舅舅比我大整整十岁。

周家是祖传的大户人家，良田几十亩，房屋几十间，子女多一些，也完全不愁吃喝开销，外祖父不喜欢老二，实在是没有理由的。

"腊月，本来就天寒地冻，又赶上大雪，又是五更天，冷上加冷，早更头出门的狗，家家人家门户都没开，哪有一根肉骨头，只得自己吃屎了，一辈子的苦命。"外祖父后来曾经对家人这样解释了他不喜欢老二的理由。

既然注定是苦命的孩子，那么当爹妈的就应给多一些关爱吧？外祖父却不是这样想的，这个脾气古怪死板的人一辈子都对老二有一种莫名其妙的"不喜欢"。

解放前，外祖父长年在外给资本家的二姐夫打工，一辈子没有种过地，没有经受过农田劳作之苦，但同时也没有收过租。因此在解放后没有被评为地主分子，相反被当作职工安排在另一个乡镇的供销社继续工作了两年，最后又因家庭的地主成分被解雇回家。

外祖父丢了工作回到家里来，没有一分钱的退休工资。他在这个家没有地位，家中的大事小事都是由外祖母作主，他的儿女们可怜他们的母亲一个女人家顶了地主分子的帽子挨批挨斗，受苦受难，于是全都同情母亲，都是"母党"了。

其实，外祖父的三个儿子中，老大太老实，老三太木讷，就数这个老二长得最俊秀，最聪明。我现在回忆二舅舅青年时的形象，身材适中，脸部轮廓分明，大眼睛，高鼻梁，无论外貌上还是气质上都是最优秀的了。

二舅舅上学晚，直至1950年才小学毕业，正是那年家里被评为地主。

二舅舅长啸一声："完蛋了！完蛋了！这个家算是完蛋了，我们这辈子算是完蛋了。一个粪袋子背背上，像一件湿布衫，永远脱不下来了。"

可不是吗，这个粪袋子从1950年到80年代中期，一背就背了三十多年，历经三代人，祸及十余家，殃及百余人。

第一代，外祖父与外祖母，以及他们的兄弟姐妹；第二代，我的父母亲，我母亲的弟妹们，以及他们的配偶；第三代，我这一代，我的弟妹们，我的为数众多的表弟妹们。

当然，第三代所受的影响相对小一些，但也是很明显的。比如我，因为外祖母是地主，在考大学时就根本不敢报考清华的保密系保密专业，上大学后也迟迟不能入团。直至1964年的九评学习运动中，我写的思想汇报将地主阶级的外祖母家对我的"坏影响"彻底清算了一遍，这才感动了组织，终于混进了团内。

第一代所受的就不能用"影响"这两个字来描述了，他们受到的是鞭笞与奴役。土改时，外祖母被五花大绑地押上台批斗，一个表现积极的乡村流浪汉打了她五个大嘴巴，后来当了村长。1958年"民主补课"时，外祖母又一次遭到批斗和关押，又遭一次打耳光，放出来后被扫地出门。在其后的平常日子里也要不时地参加四类分子会议，聆听训话和无端斥责，还要经常去扫大街。

但第一代的人毕竟老了，影响最大的是第二代。而第二代中，影响最大的又是二舅舅，影响最小的是大舅舅。

大舅舅生得早不如生得巧，土改那年，已经高中毕业，那时招生工作中的阶级路线还不明显，所以他考上了大学。大舅舅考大学的那年，因为家中已被评为地主，经济情况一落千丈，家中决定只供大儿子考大学，老二嘛，上了小学也就够了，让他下地干活吧。

大舅舅果然考取了上海交大，遵照家庭的要求，他考的是两年制大专，而没敢考四年制本科。他要赶紧出来工作，挣钱养家。

二舅舅原是一心以大哥为榜样，一心要上大学，但他无法改变家庭的决定，气愤而绝望地撕掉了小学毕业证书，扛起锄头下园子干活了。

二舅舅从小身子骨儿单薄，力气小，可人聪明，锄地、播种、施肥、收割，他样样活儿都行，搭个黄瓜棚子、丝瓜梯子什么的，也不用学，一看就会了。春天，他在屋后种了几窝南瓜秧；夏天，他捉上了十几个蛤蟆青蛙的埋在根旁；秋天，他又爬到屋脊，用绳网小心地把南瓜兜起来。每年都是南瓜大丰收，屋檐下排了长长的一溜儿，最大的竟有四十多斤重。春夏两季的夜里，他打着手电筒在河边插上几十根钓鱼竿，第二天清晨起竿，一准儿能收三五斤鳝鱼，家里吃不完，就上集市卖，换几个零用钱。冬天下了雪，他用一根带线儿的竹竿把一个网筛在雪地里撑起来，远远地稀拉拉地撒上一撮米，引着鸟儿一边啄食，一边就一蹦一跳地走进网筛的下方，然后把绳头儿一拉，用这样的法子罩上个俊鸟儿玩。

外祖母说："这个老二啊，学啥会啥，做啥像啥，真是个七巧玲珑心。"

芦花瑟瑟

读者们看过梁斌的长篇小说《红旗谱》吗？那书里有一个主人公叫"运涛"，二舅舅就像"运涛"，心灵灵，手巧巧。

但是，二舅舅的心思仍然不在种地上，鱼儿鸟儿、瓜儿藤儿，都拴不住他的心，他转前转后还是要上学。可他知道家里没有钱，于是决心自己去挣钱。务农两年后，他开始行动了。县里招聘小学教师，他去考；供销社缺会计，他也去考——短短一个月报考了三四个单位，结果全都被录取了。

他选择了去小学当教师，工资虽不高，但能边教书边复习。两年内他积攒下一笔钱，有了这笔钱，他要报考中学了。可是小学的毕业证书已经没有了，他向一位同族的学生借了一张毕业证书。那人的名字与二舅舅只差一个字。为了上学，二舅舅就从此改叫那人的名字了。家里人叫他考中专，中专三年，可以很快出来工作，可他偏要考初中，目的上高中、上大学。结果，他如愿考取了市二中。那年，他已经十八岁了，才上初中一年级，是班上年龄最大的大龄生。

初中三年，顺风顺水，年年是优等生，入了团，一直当班长。初中毕业时，他被学校作为特殊优秀的"三好生"保送进省立高中。到了高中仍然年年是优等生，仍然一直当班长。高中的班长不叫班长，叫

"班主席"了，我一听这名儿就觉得他真了不起。

二舅舅的年龄虽然比我大十岁，但我上学特早，他上学特晚，小学毕业后又被耽误了好几年，所以，他只比我高三届，他初中毕业上高中，我小学毕业上初中了。我的文化水平已经足以看得懂他的日记和作文，也基本上听得懂他与同乡同学之间的大部分谈话。我记得他们谈论过苏联的保尔和中国的保尔，谈论过冬妮娅，谈论过托尔斯泰的安娜·卡列尼娜和渥伦斯基，聂赫留朵夫——我在暑假看过他带回来的全部小说，还常常偷看他的日记和成绩报告单。我至今仍然记得他在日记上常常写一些诗，如一首"白浪歌"，我至今仍记得开始的四句：

> 大海无边，
>
> 白浪滔天，
>
> 一叶小舟，
>
> 逐浪颠簸。

还有长篇的"荷花赋"，诗好诗坏不去说它，反正都是励志的。

看了二舅舅的成绩报告单，他大概属于上游里的下游或是中游里的上游这样的位置。比起我的各科都在90分以上的成绩还是要差很多。我也能理解，作为一个大龄农村学生，这样的学习成绩已经不错了。在

芦花瑟瑟

班主任评语的一栏中，一般都是赞誉的话，但最后都有一两句莫名其妙的话让我看不懂。比如有一学期的评语最后写道：希望今后要克服人生几何的消极人生观。什么叫"人生几何"，那时我就不懂。又有一学期写道：希望今后要注意克服我行我素的生活态度。什么叫"我行我素"，我也不懂。只知道这都不是什么好话，大概就是"资产阶级人生观""资产阶级个人主义"之类的。

虽说如此，二舅舅在初高中时期的人生轨迹总算是向上的。

而就在这时，他人生中一个最重要的拐点出现了，从此他的生命轨迹就不可逆转地向下了。

就在他高中三年级的上学期，家中又出事了。

1958年的秋天，反右运动刚结束，"大跃进"开始了。到处都是东风吹，红旗飘，右派分子土崩瓦解，帝国主义夹着尾巴逃跑了。却正在此时又无端搞了一次公社化。年已古稀的外祖母又被押上台斗争了好几次，更为糟糕的是被扫地出门，祖宅被全部没收了，外祖母和大姨只带出了一点点日用品和换洗衣服住在茅屋里。而家中所发生的这一切，在城里上学的二舅舅却还蒙在鼓里。

一个星期天，我上城里去，大姨交给我一个纸条，让我交给二舅舅。我到了校门口，可是传达室的工友对我说，他们在上复习课，让我把条子留下来，由他去转交。我年纪小，没长心眼，就把纸条留下走了，没想到这张纸条子惹下了大祸。这名工友将字条打开看了，内容是说家里已被扫地出门了，叫二舅舅暂时不要回家。这位有觉悟的工友将纸条子交给了校团委，一位姓庞的团委副书记立即发动了一场对二舅舅的"大批判"。

在关系阶级立场的大是大非问题上，班上多数同学都纷纷起来揭发批判了。

这其中就出现了两个比较关键的人物。

一位就是同乡的同班同学龚，他在组织召唤下，将二舅舅改名字的事情揭发了。这是爆炸性的新闻，立刻引起轰动，原来这个与他们同窗三载，长期"窃取"班主席要职的人居然是个化名。老师和同学们都同仇敌忾声讨二舅舅欺骗党、欺骗组织的罪行，那些经常阅读反特小说的同学更将改名字的行为说成是特务勾当，甚至怀疑二舅舅就是特务了。

二舅舅后来说龚同学是公报私仇。龚在高一时偷了食堂里的饭菜票被当场抓住。二舅舅是班主席，开班务会处理了这件事，虽然也不过是批评一下了事，可龚同学从此入不了团。

芦花瑟瑟

说起龚同学偷饭菜票这件事颇搞笑。龚在早晚打稀饭的时候，故意将饭盆子放在桌上有粥溅出来的地方，然后再往有饭菜票的地方移动，这样在将饭盆拿回的时候，饭盆底就很自然地沾上了几张饭菜票。他用这个办法屡屡得手，也不知究竟干了多少次。终于有一次被他身后的邻班同学检举，当场抓获。

龚同学因为检举揭发二舅舅的事受到表扬，但他仍然入不了团。

另一位就是贫下中农出身的大脸盘子的团支书，她一向暗恋着二舅舅。二舅舅虽也知道她的心思，与她保持着若即若离的关系。但他心里其实爱着另一位女生，她比她漂亮，比她年轻，比她温柔，用今天的话说就是有女人味。且她也是一个成分不太好的，虽然也是团员，却不是班干部。团支书觉察到二舅舅的感情倾向，心中很痛苦。当批判一开始，她的内心是矛盾的，态度也有点暧昧，他毕竟是她爱的人，随着批判的深入，揭发的材料越来越多，尤其是当改名字一事被揭发之后，她终于摆脱了个人情感，去除了认识上的迷雾，于是她"觉悟"了，终于站了起来揭发批判她所爱的那个人身上的种种地主阶级的烙印。

团支书态度的转化使揭发批判升级了，但再升级能升到哪里去呢？与一两个女生保持一种暧昧的关系难道算什么错误？但在那个年头就可以上纲为"思想意识腐朽，道德品质败坏"，再加上阶级立场反动，于是二舅舅受到开除团籍、撤消班主席的职务、留校察看三项处分。

我始终没有确切地知道这一切的导火索是否是那张纸条子。但后来，大姨和我母亲都曾经就这件事一再责怪我："你怎么这样不懂事？这样重要的纸条子没有交给你二舅舅本人呢？"

"可是，大姨也没有告诉我写的是什么呀！"我虽嘴上辩护着，心中却感到无限的内疚。

"算了，小孩子家懂什么？"倒是二舅舅从来没有埋怨过我。

这件事对我的刺激太深了。多少年了，我仍然认为这是我一辈子中做的最愚蠢、最错误的事情之一，我对不起我的二舅舅啊。

1959年二舅舅高中毕业，可以预料，考大学是完全没有指望的。但是，二舅舅却不死心，第一年没有考取，第二年又考，第三年还考，终于在1961年春天考取了"北京铁道科技学院"春季班。

他的父亲看到了他的成功，颇为欣慰。虽然，他还不大相信这是最后的结果。这父子俩虽然一辈子也没有温情的时候，但在内心的深处早就和解了。

芦花瑟瑟

二舅舅赴京数月后，外祖父饿死了。他从1959年起就一直没有吃过一顿饱饭，最终得了浮肿病死了。二舅舅从北京写信回来表示了哀悼和悲痛。

二舅舅的信中还说，他那个学校非常大，起码有二十个高中那么大，是培养铁路工程师的摇篮；他说他有助学金，不需要家里多少负担。有一封信中，二舅舅对前途做了美好的展望：毕业后将分配在铁道部门工作，在铁道部门工作的人有一项特殊的优惠政策，一年有两张免费的火车票，所以他每年都可以把娘接出来玩一玩。二舅舅还说，党和政府没有对我这样的剥削阶级出身的子弟另眼看待，培养我上了大学，我一定要努力学习，毕业后报效党和人民——这样的话在每一封信中都有。

二舅舅的信我是每封必看的，每次看了信，都很激动，脑子里幻想着一个有为青年，正在首都北京美丽的高等学府里刻苦攻读的情景。我为二舅舅感到高兴和骄傲，他的坚持不懈的奋斗精神一直是我学习的榜样。

然而，仅仅半年多，命运却又一次无情地粉碎了他刚刚开始的梦想。同年秋天，国家以经济困难为由，解散了一批大专学校，二舅舅所在的学校也被解散了。

消息传来，全家人都被这晴天霹雳惊呆了，外祖母喃喃地说："死鬼早就说的，二猴一辈子的苦命。"外祖父在二舅舅出生时说的话仍像咒语般笼罩在全家人的心头。

二舅舅没有直接回家，对惨遭遣散的命运，他完全没有思想准备。在悲痛欲绝的情绪下，他打起简单的行李去了西北。经过西安，他去看望了在那里工作的大哥。他的大哥大学毕业已经七八年了，独立支撑着这个地主阶级家庭的劫后余生，每个月工资的三分之二都寄回家里来，三十已过，老婆也找不着，皮鞋没有第二双，衬衫没有第三件。

二舅舅更痛苦地认识到地主成分，这只湿漉漉的粪袋子的杀伤力，它是永远背在自己的身上，是再也甩不掉的了，终其一生，负箧而行。他有了"一死了之"的念头，他想要在死前去看看沙漠，再去看看大海。他继续西行，到了兰州，到了天水，到了乌鲁木齐，他在那里看到有很多内地来的汉人在拉沙子，于是他也去租了一部架子车，做起了拉沙子的苦力。

沙漠的飓风卷起沙子，带着自然的力量击打在肌肤上，产生一种淋漓的痛楚。稀稀落落的拉沙子的个体在茫茫大沙漠里就像一只只蝼蚁，二舅舅有了一种众生如蚁的感慨。既然，许多人的生活都是这样的，

芦花瑟瑟

自己又如何能不一般呢？

我不知道是不是二舅舅由此获得了活下去的勇气。半年多后，他回来了。他既然决定不死了，也就没有再去青岛看大海。

二舅舅回乡后，仍然没有老老实实地下地干活，仍然复习功课考大学，仍然要与命运作抗争。

1962年夏季，他刚从西北回来，没有参加那一届的高考。我就是在这一年高中毕业考取了大学。

1963年，他和我的第一年没有考取大学的初中同学曹××、小学同学施××一起复习功课，参加高考。这一年，曹考取了，施和二舅舅都没有考取。

1964年，他和施一起复习，参加高考，施考取了，二舅舅仍然没有考取。

1965年，二舅舅还准备再考，报名处的人说你还考什么考，都三十岁了，不允许了。他哀求，没用，这是上级的政策。

二舅舅就这样绝望地终止了他的考大学的努力。

从1959年到1965年，长达六年，五次高考，甚至还有一次是真正地闯进了大学的殿堂，终于南柯一梦。

请问，看到这篇文章的朋友们，你们的亲戚朋友中可曾有人创造过这样的记录？用怎样的形容词形容我的二舅舅为了他的"大学梦"付出的如此悲壮的努力，我想了八个字：精卫填海，杜鹃泣血。

"大学梦"想做也做不下去了，也熬尽了对生活的希望。

年过三十，还未成家，外祖母和所有的亲戚都劝他找个对象吧，然而，在相当长的一段时间内，二舅舅无动于衷。他说："结了婚，就要生孩子，家里这样穷，自己一张嘴都糊不饱，哪有本事养家活口。有了孩子，就得让他们上学读书，养儿不读书，不如养头猪，可哪有经济能力供他们上学读书呢？"

"养儿不读书，不如养头猪"，这句话后来成了乡邻们的口头禅。

西街头是出产名言的地方：兰姑娘的"破窑里烧出的好砖头"算其一，曾家老太太的"屁股能打人"算其二，二舅舅的这句"养儿不读书，不如养头猪"算其三。

二舅舅在三十六岁那年，终于结婚。家里房无一间，地无一垄，又是地主成分，又是大龄，哪儿能找到周周正正的媳妇呢？但是一个三代贫农的老姑娘主动地找了他，这就是我的二舅妈了。二舅妈人长得丑一点，家中一样穷，只有小学四年级文化。谈不上什么般配不般配的，大家都是没法，"爱情"这两个字

芦花瑟瑟

就免了。我这样写了，将来二舅妈和那几个表妹看到了，肯定会不高兴，但那是事实，我先道歉了。他们生了三个女儿。大女儿虽说书读得并不甚好，但人还算精明，智商在正常范围，勉强上了高中；二女儿则是弱智，长大后勉强能生活自理，读书识字就无从谈起了；只有第三个女儿眉清目秀，比较聪明。二舅舅就把上大学的梦想全部寄托在这个小女儿身上了。

一个时代终于过去了。上世纪80年代，政府终于将外祖母"地主分子"的帽子取掉了，还发还了三间生活用房，于是二舅舅有了点老树开花的运气。他当了民中校长，有了在农村里看起来不算太低的工资，加上地里的收入，日子过得还可以了。这时候，学校里又有一个年轻的女教师和他相好了，那姑娘文明开放，爱二舅舅爱得有点昏天黑地，胆子也大，脸皮也厚，二舅舅又吃得住二舅妈，公然登堂入室，明铺暗盖。为此，二舅妈跑到我妈面前来告状。二舅妈是个直呆子，她告诉我妈说那人年方二十二，刚从学校毕业，个头儿不算高，皮肤好得不得了，像粉团儿似的，一笑两个大酒窝，两只眼睛汪汪亮，忽闪忽闪的。二舅妈还感叹地说：她真嫩啊，要是我是男人也熬不住；我又长得丑，又老了，你家老二和她戏戏，我也没太往心上去，只是不能不要这个家，不能在子女们面前不要这个老脸。我妈安慰她：你是贤惠的，你是在老二最困难的时候嫁给了他，又生了三个孩子，没有功劳也有苦劳，这一点我们姐妹心里都清楚，你放心好了，我一定去劝住他；要是他和那姑娘好上个三天两头的，也就算了，要是真要和你离婚再和那个姑娘结婚，这在我们周家是办不到的事。二舅妈说："还是大姐姐懂我的心，我就指望大姐姐了。"

过了几天，我妈就要我陪她下乡去劝说二舅舅，我妈说了一大箩筐的规劝的话。二舅舅默默在一边抽着烟，长久地不说一句话，末了说："大姐姐，你放心，我这就断。"我妈说："断了最好，要是断不了，多给她一些钱，这钱我给你出。"二舅舅说："那也用不着。"

说断其实没有断，只是更隐蔽了。他们的关系又继续维持了好多年。这期间，二舅妈也没少了和他吵架，也没少了向我妈告状。我妈却口风有了变化，又是开导又是教训她说："男人有时要遭桃花运，运来城墙也挡不住，过了那阵子，又是好人似的，女人要沉住气，只要把子女带好了，拢在自己一边，对男人的花心不必太在意，他们自己就会回来的。再说，你自己也不好，女儿你生了，可是你动过心思教育了

芦花瑟瑟

吗？你没工作，自留地你好好种了吗？地里的活还得老二做，你一天到晚只知道赌钱，饭一吃，碗一推就二五八饼，自己不挣一分钱，还得老二给你赌本，有你这样当老婆的吗？有你这样当娘的吗？"二舅妈给说得脸上红一阵白一阵说不出话来，就快快地走了。

我对母亲说你这是公开拉偏架啊！母亲说我们姐弟七个，老二命最苦，我不护着他，谁还护着他。说着眼泪就哗哗地下来了。

吵吵，吵吵，那姑娘终于出了嫁；吵吵，吵吵，二舅舅人也就老了，事情也过去了。花心就像一盆燃尽的火，不知不觉就灭了。

人是很怪的，只要有机会，青年时期的梦，总要顽强地圆一圆的。

那么顽强的"大学梦"，最终在小女儿身上圆了；"青春"也是一场梦，在那姑娘身上圆了。有了这两样，二舅舅的人生也总算得到了一点补偿。

1995年，二舅舅的三姑娘考取了大学，2000年大学毕业，分配在银行部门工作。二舅舅那年才开始考虑要盖房了。改革开放后，四邻八舍都早已盖了新房了，可二舅舅一家还住在三间平房里。又三年，楼房终于盖起来了，我去看过，两层三底，很不错，只是没有能力装修了。盖房后一年，三姑娘结了婚，女婿是部队上的一个小军官。二舅舅在乡下和城里两次办酒席，城里的那次我去了，二舅舅和我说了几句话，大有一生之事了矣之感。

又两年，二舅舅得肺癌逝世，享年七十二岁。

这个对我一生影响最大的人，这个长得像刘德华的人，这个聪明得像运涛的人，这个引领我考清华的人，这个引领我看《红与黑》《约翰·克里斯朵夫》的人，这个六年中参加了五次高考的人，这个说过"粪袋子、湿布衫"，说过"养儿不读书，不如养头猪"的人，这个填海的精卫、泣血的杜鹃——就这样永远地没了，我心中的悲愤实在不是这篇短文所能表达得出十之一二的。

袁和尚

从曾家西行百二十步，就到了三兴圩镇的西末梢，街道、河流、马路于此交会，形成了一个小小的三角地，三角地有一间巴掌大的茅草窝棚，路北朝南，枕着河流。

窝棚的前面，一条尘土飞扬的沙子马路，向西延伸十八里到桐州城老东门的老龙桥，穿过长长的市区，一直向西、再向西，就到了码头，由此去上海、上南京和北京——这是尘世的路。

窝棚的后面，河水微澜，缓缓地、昼夜不息地向东流去，十余里后汇至一条南北走向的小运河，小运河又汇入一条东西走向的大运河，再汇入滚滚长江，再流进浩浩黄海，就好比是人生的归途。

隔着这条马路的斜对面，有两条南北走向的小溪夹着一片宽约二十多米，长约一百多米的长方形的公共空地，这就是我们小时候挑荠菜、拔茅针、捉蟋蟀和萤火虫、谈鬼色变的乱坟场。

这样的三角地，这样的一个窝棚，就好像人生路上的一个节点。

孤陋低矮的窝棚里住着一位老人，大家都叫他袁和尚。白日里走过路过的乡亲们以千百计，远远近近、热热闹闹地喊着袁和尚：吃了没？吃了，吃了。你吃了吗？坐下来弄杯茶？

诚如其名，袁和尚的脑袋油光锃亮、寸草不生，高挑而清癯的身材，一颈青筋暴起的瘦长脖子，架上一个长长的鸭蛋形脑袋，一年四季穿一袭长长的、油渍渍、污蒙蒙的灰布袍子。孙大爷在讲鬼怪故事时常常出现"黑无常"和"白无常"，我曾问过孙大爷"无常鬼"是什么样儿的，孙大爷脱嘴说道：就是袁和尚这个样儿。

其实，袁和尚从来没有当过一天"和尚"。"和尚"仅仅是这位老人还在襁褓之中时，父母所起的一个企求"命硬"的乳名。他的父母亲开一家"南北杂货店"，有一份不错的家业，但并没有什么人生信仰。富家子弟出身的袁和尚长大后也从来没有什么信仰，更谈不上出家信佛了。年轻的时候，他是一个花花公子，吃喝嫖赌；年老时，他吃光用光、好上西

芦花瑟瑟

方。他似乎从未有过妻，更无儿女，父母早亡，手足隔膜，六亲无靠。不知在什么年代，他最终卖掉了街里的属于他的最后一间祖屋，在这三角地搭建了这间窝棚，从此就与对面乱坟场的孤魂野鬼相邻为伴了。

他在窝棚前安了一个有四个格子的玻璃窗，隔窗摆了个架子，架子上有装糖果、五香花生米、兰花豆、瓜子儿的玻璃罐儿，另外还有几种香烟，解放初香烟流行的牌子是"大美丽"和"小美丽"，"美丽"绝迹后有了"勇士""劳动"和"解放"，再后来又有了"飞马"与"大前门"。少年时期的我经常来此给父亲买香烟，我还记得"小美丽"两毛二分，"勇士"只有一毛三，"飞马"两毛二，"大前门"三毛六——

棚前支起了一个更矮的席棚，有一张破旧方桌和几张条凳，过往的耕夫贩卒在此歇脚、喝茶抽烟、下棋打牌与聊天，走时自由自主地扔下几个茶水钱，西街头的儿童们也都到这儿来买零嘴，袁和尚借此生计。

解放初，袁和尚已经六十出头了，不算太老，光秃秃的脑袋，光秃秃的下巴，没有胡须，却有几根很白、很亮、很长的长寿眉，那一对如豆的小眼总是夹着擦不干净的眼屎眯细着。他似乎眼神也不济，总是那么习惯地向下闭着一只眼又向上睁着一只眼，于是嘴和整个的脸部肌肉也都倾斜着，这样结构的面部表情却并不难看，很调皮而活泼着。他用那只睁着的眼看现在的人生、世间熙熙过往的行人；用那只闭着的眼思量那长长的过去。他的过去，人们只知道个大概，细节却无从而知。浪迹、凄苦总是人生的主题，或许也曾有过樱花般的灿烂，或许也曾有过年轻女子的窈窕的倩影，也有过酒肉穿肠过的兴奋——

及至香烟凭票后，统一归了供销社，袁和尚的架子上香烟也绝了迹，再后来上海来的水果糖也没有了，再后来本地产的薄荷糖、生姜糖、粽子糖也没有了，五香豆没了，南瓜子、西瓜子、葵花子没了，炒米花没了——袁和尚拿得出的只有淡水一杯。什么也没有了，回忆如同杯中的白水，没有一点颜色，也没有一点点滋味，更不起一丝波纹。

哎！一辈子的人生也就这么过来了！谁想得到啊？谁不都是这样过的嘛！娘个逼，没意思！没意思！想想没意思！

袁和尚的耳朵有点背了，常常嘟嘟囔囔、哼哼唧唧、自言自语，就像那屋后河边上的几棵老榆树上鸟儿的啾啾。他常常、常常地在地上撒上几粒籼子，鸟儿就三三两两地飞下来啄食了。他努着嘴，打着

芦花瑟瑟

响亮的口哨去招呼它们,与它们说鸟语。鸟儿就翘起尾巴,睁着晶亮晶亮的眼睛盯着他,欢欣地跳跃在他的脚边。几回回跳到脚面上,他一动也不动;几回回又跳到他的肩膀上,一只稚鸟儿跳到他的光秃秃的头顶上,用它年轻的喙啄着他的头皮,他的头皮老发痒,于是痛并惬意着。他从不赶走它们,小心地保持着姿势,它们也久久地不愿离去。但它们终究还是飞走了,他抬起眼追逐着鸟儿们的倩影消逝在蓝天白云里,心中有无限的不舍。他不是沉默的人,喜欢哼小调。他学不会富贵的时代进行曲,也不哼李楞子的"武家坡"与"空城计",他哼的是桐州府乡间流行的傩戏,"小寡妇出嫁"之类的,庸俗下流的内容用忧伤以至哭丧的调子哼出来,音量不高,音色很好,五音极准,味道好极了。在窝棚里喝茶的乡亲们爱听他的调,全都不由自主地拿筷子击节着木桌子,或用手掌拍打着大腿,摇头晃脑地哼起来。那傩戏动情高潮之处的音乐是那么的忧伤与悠扬,还有劣质酒精、兰州水烟、臭豆腐、蒜葱混合起来的味道,竟然是那么的迷人。每当此时,客人们无论是大人与小孩子全都变得沉静而文雅了,就听袁和尚一个人在唱。

老年的袁和尚越来越受乡亲们的欢迎。人愈老了,脾气愈来愈淡了,道行似也愈来愈深了。他的凉棚，从早到晚茶客不断，这里是小镇的"朝日新闻"，是乡野里的"路透社"。国家大事、小道消息、市镇新闻，大到苏修美帝，小到偷汉扒灰，尽付茶间一笑。

小时候，我曾从袁和尚的凉棚里知道了那个东邻蕞尔小国打仗了的消息，这个小国就是出过"眼如铜铃，口如血盆"番将渊盖苏文的地方，知道咱们又有一个"薛仁贵"跨海东征了。后来又知道当时的主席夫人原先是十里洋场上演电影的，我们桐城府走出去的大名角儿都曾与她同台演过戏。

"文革"时，袁和尚快八十了，他也会说："七十三、八十四，阎王不请自己去。"乡亲们说："袁和尚啊，你也要见马克思了。"袁和尚说："马克思我是见不着的，他是外国人，头发胡子那么多，我一根头发胡子都没有，我和他不是一路人，他不肯见我，我也不想见他。""那你要见谁呀？""我只想见见姜太公。""你为什么想见姜太公呢？""姜太公有一条打鬼鞭，我想去借它来使使。"

外面的世界，文攻武卫热火朝天。光明公社与邻近的红星公社、前进公社、火箭公社——红卫兵组织也有十好几个，什么"八一八"，什么"卫东彪"，什么"捍造总"——走资派也揪出了十几个，潘书

芦花瑟瑟

记、陈乡长固然是，连新万也是了，被关进了牛棚，"屙屎茄儿""臭屁黄猫儿"也戴上红袖套，成了什么"捍造总"的战士了。这十几个红卫兵组织，十几个走资派，几十个地富反坏右，天天不断变化着排列组合，演出一幕又一幕的活报剧。市府、省城的造反组织也到乡间来串连，于是乡间也分成了什么"好派"与"屁派"。好派说"新生的革命委员会好得很"，屁派说"好个屁！"好派说"就是好，就是好！"屁派说"好个屁，好个屁！"屁派骂好派"婊子儿"，好派骂屁派"龟孙子"——天天有两派的架着大喇叭的手扶拖拉机从袁和尚家门前驶过，天天有举着花花绿绿小旗子的游行队伍经过。到后来，大刀长矛用上了，文攻武卫硝烟迷漫，有一位姓羌的清华校友为了捍卫路线就在这个城市里送死了。

乱世中，唯独在袁和尚的凉棚里，仍然"古今多少事，都付笑谈中"。

有一天，有一群小红卫兵抄家后在此歇脚，袁和尚给他们讲了一个故事："知道吗？三千年前中国就统一了，那时的皇帝姓周，叫周幽王。周幽王的皇宫里放着一只商朝留下来的洋铁皮罐子，已经放几百年了，罐子上贴着公安局的封条，谁也不敢打开它。有一天，活该有事，周幽王自己不小心把洋铁皮罐子踢翻了。原来罐子里装着的是一条孽龙的脓，脓水就流出来了，流啊流啊，被一个小宫女一脚踩着了，那个小宫女只有十二岁，当时就感到肚子里咯噔一下，从此肚子就一天一天涨起来了。周幽王拷问这个小宫女说你的野男人是谁呀，小宫女说我哪来什么野男人呀，周幽王不相信，就将这个小宫女逐出了宫。谁知这个小宫女一怀就是四十年，十二岁的小宫女变成了五十多岁的老宫女了，老宫女流落到褒国，生下了一个女孩儿，取名叫褒姐儿。褒姐儿长大后出落成人间尤物，羞花闭月，褒国的国君就将她献给周幽王做了妃子，周幽王对她甭提多喜爱了，捧在手里怕疼了，含在嘴里怕化了。可有一样，这个褒姑娘有一个怪处，无论你怎样逗她，她就是不肯笑。周幽王想呀，要是这个美女笑一下子那该有多好看啊，可是用了很多办法就不笑，有一个姓费的奸臣出了一个'烽火戏诸侯'的点子，结果真的引得褒姐儿开怀一笑。美人一笑百媚生，周幽王晚上多喝了三碗酒，多撒了三泡尿。但周幽王从此也在众诸侯面前失去了信用。当外国人真正来进攻时，诸侯们谁也不来救他了。周幽王当场被杀死，西周就此灭亡了。"

袁和尚讲得通俗，讲得悲悯，强调了褒姐儿出生时的种种怪异，以及多次遇难不死的惊险情节，结论

芦花瑟瑟

是一切都是天注定，褒姐儿就是玉皇大帝设计的"一劫"。

"唉！好端端的一个江山，终究坏在一个女人的手里！"这是袁和尚最后的结论。小红卫兵们你看我，我看你，不明就里，就走了。

又有一次，又有一队小红卫兵唱着"雨露滋润禾苗壮，万物生长靠太阳"路过，袁和尚跑出来说："停一下，停一下，你们知道不知道还有两句话——赤日炎炎似火烧，野田禾苗半枯焦？"有的小红卫兵读过《水浒传》的"智取生辰纲"，就说："知道，那是白日鼠白胜唱的。""知道就好，这说明太阳也有两种，一种是冬天的太阳，一种是夏天的太阳，冬天的太阳暖和，自然是好的，可夏天的太阳火辣辣的，把禾苗都要烤死，把人身上的油都要烤出来，这样的太阳有什么好？"小红卫兵们眨巴眨巴眼睛望着他，半天有人说："你反动！"

乡人中有一个瘸子，名字叫林彪，在凉棚里喝茶不付钱。袁和尚赶上去跟他要，要到了还大骂："林彪瘸子马屁精，你不得好死的，我看得着。"

不久，那个同名同姓的副统帅就从天上掉下来，摔死了，而那个叫林彪瘸子的乡亲在下河滩时竟淹死了。

乡亲们说，袁和尚前世是个菩萨呢，犯了色戒，才被罚下人间熬光棍的。

"文革"还没有结束时，袁和尚就死了。袁和尚的事迹日渐成为乡间的民间传说。

十几年前我乘车而过那块三角地，特地让司机停下来凭吊袁和尚，也凭吊那逝去的岁月。那间窝棚已完全倒塌了，残迹却还在，枯焦的草丛中冒出了缕缕的青草，在春风中依依飘拂着，如同我心中绵绵不绝的幽思。

遥望那早已物移人非的乡关，等姑娘、兰姑娘、桂姑娘、代表同志姨、曾家老太太，水琴她奶奶、孙大爷、大海叔、李楞子、曹大金——还有我那魂牵梦绕的外祖父、外祖母，你们在哪里呀？我的眼睛模糊了。

司机说：我们走吧！

我说：好的，走吧！

芦花瑟瑟

儿时食瓜

在我的青少年时代，在炎热的大夏天，全家人能有一只西瓜吃吃，那个日子就是一个欢乐的节日。

当然，总是在暑假里。

清晨起床后不久，我和弟弟妹妹们就特别注意地看那天上的云彩，预测今天会不会有一个炎热的晌午。如果是，弟妹们就推搡着我去对母亲说：

"娘，今天吃不吃西瓜呀？"

"吃吧，你去拎桶井水来！"母亲忙着做事，却仍然抬起头看了看屋外的天空回答道。弟妹们于是大兴奋，得令似的与我相跟着去到街对面"铁木业合作社"的大院里讨来一桶井水。

"娘，今天吃那只最大的好不好啊？那只瓜已放了好几天了呢！"小妹说。

"好的。"娘说道。弟弟便迅速地爬到床底专放西瓜的草席上，把那只最大的滚了出来，再由我抱着放进了屋檐下的井水桶里。

　　整整一个上午，父母亲的命令比任何时候都更有权威了，我和弟弟妹妹们一边哼着"小鸟在前面带路，风啊吹着我们——亲爱的领袖毛泽东，和我们一起过呀过着快乐的节日"，一边兴奋地做着家务事。屋子和院子都打扫了，水缸里提满了水，撒了矾，又用木棍子使劲地搅了，剥好了豆角，拣好了青菜，淘好了米，生好了炉子，特地用积攒下的"天水"烧了一壶开水，为在店面上忙碌着的父亲泡上一杯藿香佩兰竹芯茶叶茶，藿香和佩兰是自己家的小院里栽的，竹芯却是小弟跑到别人家的后院"偷"来的。

　　忙碌的空隙，弟弟妹妹们总爱时不时地溜到屋檐下，蹲在水桶边，把裸着的双臂伸进井水里，几双小手无限爱怜地抚摸着那只滑溜溜的大西瓜，把皮上的泥迹一点点地扒拉掉。调皮的小弟常常一下子把西瓜撤到桶底，又突然一松手，西瓜就猛地蹿上了水面，水花儿飞起来，溅上了妹妹的红脸庞，溅湿了妹妹的花衣服。

　　"娘，你看弟弟。"妹妹半是委屈，半是撒娇地叫起来。

"小弟，又调皮了。"娘总是有口无心地回答着，双手有做不完的事。

有时，我也抵挡不住这诱惑，跑过来也将双臂插进桶里，那冷滑的井水把清凉一直传送到心田里。

终于到了吃午饭的时间，一家人围坐在那张古老的八仙桌旁。通常是粑子和米饭，冬瓜汤或是黄瓜汤之类的，偶尔也会加上一个烧茄子或是咸瓜炒毛豆，荤菜一般要十天半个月才能有一回，简陋的饭食一家人照样吃得兴高采烈的。饭后，大家便轻手轻脚地布置午睡的设置：或将门板的一头搁在门槛上，或搁在平躺着的小板凳上。父亲和弟妹们就午睡在门板上，母亲躺在那把破旧的藤椅上，我则睡在八仙桌上，桌子的一侧用两张条凳支高起来，那是搁脚的地方。

窗外后河边的杂树上，无数黑色的蝉与绿色的知了没完没了地鼓噪着这炎夏的午间，邻居家的孩子们在后河里扑通扑通地戏水与喧闹，而我们全家人却在甜蜜的午睡中等待着那吃西瓜的美好时刻。

直到汗水把八仙桌浸湿了箩筐大的一片，我才揉揉睡眼坐了起来。唤醒了弟妹们，弟弟去唤来早已开始劳作的父母亲。在弟弟妹妹们"吃瓜啦！吃瓜啦！"的欢呼声中，母亲擦干净了桌子，拿来了菜刀和砧板，我则从水桶里捧来了那只大西瓜，全家人立刻都围了上来。

"啊！这只西瓜可真大啊！一定很甜的。"翘着羊角辫的两个妹妹睁着乌溜溜的眼睛说。

"这是马铃瓜呢！这回说不定是只红籽的。"弟弟每次都期望能吃到传说中的红籽西瓜。

"你见过红籽西瓜吗？娘说红籽西瓜都绝种好多年了。"大妹说。

当母亲将菜刀轻轻地往瓜中央一搁，那熟透了的西瓜就脆脆地裂了开来，红瓤黑籽，不老不嫩。

"哇！真好！"周围一片叹息的声音。

"这只瓜还是马家舅舅送来的。从前，他们家每年都要送两挑子，前两年还送七八只，今年只送了两只，不过，倒都是好瓜。"母亲一边切着，一边叹息地说。

"公社化了，一家人只分屁股大一块自留地，能长几只瓜？能惦记着咱家的孩子，送两只瓜来就很不错的了。下次街上遇到他，记住扯几尺布给他家孩子做身衣服。"父亲吩咐着母亲。

"上面因啥就不让种西瓜呢？倒奇怪了，哪朝哪代有这政策？"母亲说。

"那叫作割资本主义尾巴。可谁家没有个孩子，谁家也偷偷地种上几根秧的，队干部也是睁只眼，闭

芦花瑟瑟

只眼。"

"啥叫资本主义尾巴？"小弟问。

"猪放的屁，狗屙的屎！"父亲没好气地回答。

母亲说："怎么对孩子说话呢？"

八仙桌旁的这些对话只有年龄稍长的我能听懂，我知道这种话是对现实不满呢，只能关起门来在家里说说，在外面是千万不能说的。

至于弟弟妹妹们，当时就完全沉浸在吃瓜的欢乐之中。瓜瓤红红的、沙沙的、甜甜的、鲜鲜的、凉凉的，入口消融，化成一股清泉，可比泉水还甜、还凉。我是中学生，就想起一句诗来：口齿生凉骨生风！

"好吃，好吃！""好甜啊！""好凉快喔！"

弟弟妹妹们夸张的赞美更是渲染了气氛，好像白色的宣纸上印染了一叶清荷，墨色在不断地向四周慢慢地漾去，那气氛实在太美好了。

最先停住不吃的总是母亲，她总是慢慢地吃上两小片后就不吃了，望着满脸兴奋的儿女们，又是高兴又是辛酸地开始收拾桌子。

最后住嘴的当然是弟弟，他年龄还太小，尚不懂得体贴父母和谦让别人。直至桌上的最后一片西瓜消失了最后一点红色，剩下一层薄薄的青皮后，才捧着圆滚滚的肚子咚咚地敲了起来，那心爱的西瓜在他的肚子里早已化成了蜜水，发出泉水般叮咚的声音。

也有时候，盼望了整整一上午而剖开的西瓜是半生不熟的花籽瓜或是白籽瓜，弟弟妹妹们的兴奋心情立刻一落千丈，这时八仙桌旁的气氛是沉郁的。父亲对儿女们说："不熟就不熟吧，一样泻火去暑气的。"于是，大家默默地把每一片西瓜都吃掉。没有人会提议扔掉重开一只，连六七岁的弟弟也不会。

自从公私合营后，父母亲的工资之和一直只有五十四元。五十四元的工资要养活全家六口人，还要不时暗地里接济土改和公社化时两次评为地主分子、被扫地出门、衣食无着的外祖母和小姨。而那时，我已经是名寄宿的中学生，每月开销约十元。弟妹们均已上了小学，虽然吃住在家里，但每人每学期十几元至二十几元的学杂费是铁炮轰不掉的——

然而，也有那么三四年间，我家吃西瓜却还算尽兴的。整个暑假差不多每天都能吃到一只西瓜，有时天气太热，还能吃上两只小的，算下来一个瓜期能吃到近百十只呢。

哪儿来的钱呢？当时我就问过母亲。母亲说那是每月卖粪肥攒下的钱。

会持家的母亲将每年卖粪肥的钱作为预算外的收

入，就好像如今的那些公司的小金库似的，并将其分成两部分使用，上半年的钱用于炎夏给孩子们买西瓜吃，下半年的钱用于春节前给孩子们买新鞋新袜穿。

即便如此，在往后的岁月里，卖大粪的钱却再也没有变成西瓜了。1961年前后，国家经济太困难，许多大学停办了，母亲那考了三四年才好不容易考上大学春季班的二弟也因学校停办忽然辍学回乡务农了。从此，粪肥就送给了二舅舅家浇自留地，当然是一个子儿也不收的。

二舅妈很领情地说："大姐姐家到底是镇上人，粪里的油水也大。"

天知道，这一家六口人，五十四元的工资[1]！这还算是小镇上的小康之家呢！

---

[1]　我一向以为我们家六口人，只有五十四元的工资是很贫困的，但也知道这绝不是最贫困的。最近去深圳，住在但燊同学家，他告诉我他家也是六口人，却只有二十八元的月收入。我在大学时的助学金是十七元五角，而他的助学金却只有八块。我真是"身在福中不知福"了。

放鹞子

故乡鹞子，世界唯一

在我的故乡江苏南通，都把风筝称为"鹞子"，"放风筝"称作"放鹞子。"

以我走南闯北的经历及读书的阅识，故乡的风筝堪称风格独异，很可能在全中国乃至全世界都是唯一的。但是，被冠以"华夏风筝之都"美誉的是山东潍坊。在电视里多次看过"潍坊风筝节"的电视新闻，那里的风筝的确是很美的，大都是一些花鸟虫兽的品种：斑斓的彩蝶，锦绣的长龙，造型精致的蜻蜓、蜈蚣。而南通鹞子与潍坊风筝是风格完全不同的流派，它远没有那么精致，更没有那么斑斓般的美丽。南通鹞子似乎是简单而粗糙的，材料并没有特别的讲究，龙骨就是那些普通的毛竹剁剁、锯锯、削削而成，

芦花瑟瑟

鹞面通常也是普通的白帆布。年代久远的鹞子其鹞面上甚至会有许多的补丁，黑一块白一块花一块，就像穷人家的百衲布，但鹞子的个头儿却特别大，小则五六十公分，大则两米多，最为独特的是每只鹞子上都配备有大大小小的葫芦与哨子，大鹞子上甚至多达二三百个。所以南通人将其叫作"哨口风筝"。

怎么说呢？这么说吧！如果将潍坊风筝比作大观园里的林妹妹，南通鹞子就好比是五台山上的花和尚；如果将潍坊风筝比作轻启朱唇，吟着"杨柳岸，晓风残月"的俏佳人，南通鹞子则好比是一个亮着黝黑胳膊，高唱"大江东去"的扬子江边一个赤脚卷裤腿的纤夫。自古就有南人北相，北人南相之说，想不到北方的潍坊风筝却是江南丝竹，而南方的南通鹞子则是黄钟大吕了。

当然，故乡的风筝也有蝴蝶、蜻蜓、蜈蚣、龙凤之类的造型，但这些几乎都成了不入流的小玩意儿，仅只是大人们随手扎给小孩子们玩玩的，有的则是批量生产的大路货，一两毛钱买一只，故乡人从不在这些小品种上下功夫。故乡的大人们玩的主流品种是六角鹞、七星鹞、九九铃、十九九铃，都是板式的、平面的，所以南通风筝又叫作"板鹞"。玩鹞子的大人们多半也不是官绅、仕商与读书人，而是实实在在的有几亩薄田种着，有几间草房子住着，丑妻薄田的庄稼汉。如果讲成分，家中拥有大鹞子的多半是一些中农或富裕中农，饭能吃得饱，酒也有得喝，平常时节能啃猪脚爪，间或敲几个咸鸭蛋、熘个肥肠当着下酒菜，只是乡村里的公共娱乐节目毕竟太少了，于是就放鹞子穷开心。也有一些贫穷人家的子弟，他们自己家往往没有鹞子，但凡邻舍隔壁的人家要放鹞子了，他们是一定要去帮忙凑热闹，不仅开心，还有酒喝有肉吃。

　　故乡的鹞子是浩浩荡荡的扬子江岸农民的风筝。

　　在以上几个品种中，六角鹞子是基本的品种，高度一般在一米至二米之间。其他的品种都是六角鹞的变形与组合。常见的七星鹞就是七个小六角形组成的，上下各两个，中间是三个；九九铃由十一个小六角形组合而成，上下各三个，中间一排五个；十九九铃则由十九个小六角形组成，五行，一般呈三、四、五、四、三排列。当然九九铃和十九九铃都要比六角鹞子大得多。我童年时见过西街头后河北岸的焕猴家有一只九九铃，其直径约有两米多。听说最大的十九九铃的直径有三米多，这样大的鹞子无疑是风筝世界中的航空母舰了。不过我也仅仅只当是"阿里巴巴"的故事听说而已，从未见到过。

芦花瑟瑟

鹞子的上部密密麻麻地分布着七八行大小不一的小哨子，数十只乃至上百只不等。绝大部分哨子都是竹制的圆柱体，大的竹哨直径约有七八厘米，高度也有五六厘米。小的竹哨直径和高度仅只有一两个厘米，小哨子的壁薄如蝉翼，哨嘴子也是竹制的。更有一种白果哨子，其外壳就是白果壳儿，那当然是更小了。听人说过还有一种龙眼（桂圆）壳儿做成的哨子，但是我也没有见过，我的故乡不长龙眼树，却到处都有银杏树。鹞子的中下部则分布着大小不一的葫芦，大的有脸盆般大小，硕大无比，哨口一般用硬木制作。这样大的葫芦也只能用在两三米高的九九铃或是十九九铃上，中小型的鹞子是拖不动的。如果是直径一米五左右的六角鹞，常用的葫芦也就与排球差不多大小。任何一只鹞子上的最大的葫芦总是被放置在距底边约五分之二的中线处，周边众星拱月般地分布着几只中小型的葫芦。正是这些大大小小的哨子与葫芦组成了一个气势恢宏的合唱团，最上面的几行白果哨子就好像是童声部，大大小小的竹哨好像是高声部，而那只巨无霸葫芦是低声部，它周边的葫芦则组成了中声部。也可以比作是一个乐队，大葫芦就是一只大提琴。它当然不是一般的小风能吹得响的，不过在高空中，总有一阵阵长风吹不断，大葫芦就能发出一阵阵雄浑的声响，有时似洪钟，隆隆地，有时如沉雷，轰轰地。

鹞子的两根长尾巴是用黄麻丝编织的辫子，上面粗而扁，逐渐地向梢部细下去，长度有十多米、二十多米的。鹞子一旦飞上了天，它就好像是天神女娲的长辫子。

鹞子如何放上天

每年仲夏，麦收后夏播前，总有难得的十几天的空当。农夫们有着丰收的喜悦，又有经过小半年辛劳后想休息、娱乐一下的愿望，麦子已收割，田野里一片空旷，更由于仲夏季节从东南沿海吹来的季风也比较大，所谓天时、地利、人和，正是农夫们放鹞子、寻开心的好季节。

外祖母家的邻居焕猴住在河对岸。焕猴的外貌和性格都十分的彪悍，三十出头的年岁，身材稍高，大脸庞子肉嘟嘟，紫棠色儿，前年刚娶了一个一样肉嘟嘟的老婆，有一个还在吃奶的胖儿子。夫妻俩种几亩薄地，收成不错，焕猴间或给快船卢老板当纤夫，与卢老板的几个儿子，以及那班当过纤夫、轿夫的农民们全都称兄道弟。焕猴的日子过得就算是乡间中好的，手上有几个活钱花，缸里有粮食，圈里还有两头小肥猪，场心里有十几只鸡，也有两只雄赳赳的大白鹅，房前屋后四季菜蔬绿油葱葱，两口子如胶似漆，小日子过得潇洒快活。

一天下午，听说焕猴要放鹞子了，引得半条街的小孩子们全都去看热闹。我赶去的时候已是下午三四点钟了，焕猴家正聚了一屋子的后生家在喝酒，猜拳行令，吆五喝六，四季发财，六六大顺——一个个都已喝得红光满面，热汗淋漓，农家自酿的老白酒都已喝空了好几个小坛子。一直喝到太阳西斜比杨树略高的时分，只见焕猴一只脚踩在凳子上，空酒碗往餐桌上"哐当"一摔，大手一摆："走，出发！"

这一大群人就抬起了挂在壁上的鹞子，扛着两大箩筐的鹞绳，奔向田野，田野正被夕阳晚照得一片金灿灿。一个个都着草鞋、打赤膊、穿平脚老头裤；全都是紫棠脸儿，喷着酒气，喊着号子，唱着侗子戏（南通特有的傩戏），汗唧唧、油亮亮的身体在夕阳下闪着古铜色的光芒，仿佛那身体也是金属的。在我童年的眼中，他们一个个都像是水泊梁山上下来的绿林好汉、地煞天罡，那个大胡子的海叔就是霹雳火秦明，那个乱疵毛的小二猴就是赤发鬼刘唐，焕猴大光头，就像花和尚鲁智深，他那位抱着孩子，全然不顾地在夕阳下露着银光闪闪大白奶子给孩子喂奶的小娘子，怎么看也像"十字坡"上的孙二娘——

好汉们在田野里一溜儿排开去，小拇指般粗的鹞绳一溜儿撒下去，一直撒到二三百米开外。然后在十米左右的地方，分配上一个力气最大的汉子拽着绳子坐头把交椅，三十米处又站一个，五十米、一百米——依次排列开去，而在最前面则分配四个力气大的，两两面对举着鹞子。等一切准备就绪，站在队伍一侧的指挥官焕猴把铜哨子一吹，大喊一声：

"一、二、三，起！"

说时迟，那时快，只见前面的四个人面对面地举着底部的两个鹞角猛地往下一拽，再猛地往空中一蹿，拽着鹞绳的人们就立刻风驰电掣般地拼命往前狂奔，急如奔火，势若长龙，转瞬间，排头的第一个人大喊一声："我脱手啦！"第二个人立即应声狂奔，第二个人又大喊一声："我脱手啦！"第三个人就应声狂奔——如此依次，哪管脚下坑坑洼洼，耳边只听得呼呼风啸，一只鞋子掉了，把另一只鞋也干脆就势儿甩掉，草帽子掉了，头也不回，前面小沟小坎，一声大喊就跨跃了过去，前面小河，抬抬腿就蹚过去了。甚至有汉子奔跑中那老头短裤都掉了下来，露出裆下黑乎乎的东东和光溜溜的屁股，围观的男人和孩

芦花瑟瑟

子们一阵哄笑，妇女们齐声骂"要死了，不要脸的下作鬼"，也不掩过脸去，分明笑得越发浪了，汉子却不管不顾地往前奔去，不敢停下来提裤子——鹞子就这样很快地升上了天空，越来越高，直奔云霄而去。直至最后，五六百米的鹞绳都放完了，一个直径两米多的鹞子就只剩下一张烧饼般大小的脸挂在空中，上端的鹞绳完全融在白云里，隐约不见，而那巨大的长尾巴也只是两根空中飘荡的云丝儿。

最后的那个汉子力气大，块头儿也大，他稳了稳神，双手拽着鹞绳，将绳尾儿在自己的腰上绕了几圈，在两三个人的保护下，借着鹞子的牵力顺势儿缓缓地往回走，最终将绳头儿拴在了焕猴家门前的那棵脸盆般粗的老杨树的根部。

放鹞的人们这时才停当了，一屁股坐在田野里，喘着粗气，喝着焕猴老婆递过来的大碗茶，抽着烟，掉裤子的男人早就重新将裤子系好了，光脚的男人擦拭被麦茬子扎出血来的伤口。有的就这么痴痴地站着，仰着头久久地凝视着空中的鹞子；有的则一屁股坐在地里侧耳倾听着空中的音乐；也有人干脆就倒在田野里四脚朝天地躺着，借着酒劲和刚才狂奔的十分出力，一小会儿就呼呼地睡着了，发出震耳的鼾声，也放出一串串的响屁。放屁一阵风，来去影无踪，人们所呼吸到的仍然是土地被太阳晒出来的那股浓浓的香味儿。

金乌西坠，玉兔东升，皎洁的夜空中不知在什么时候已有了几十只鹞子，东南西北，远的近的，大的小的，争相斗艳般地发出隆隆的声音。

焕猴指着天上的鹞子，一只一只地数道，这只是薛家埠张和尚家的，那只是马家桥的二瞎子家的，那只又是河香（蚯蚓）霸的五呆子家的——身边的几个内行人还能分得清近处的几只鹞子发出的声音有什么细微的差别，鹞子的主人能听得出自家鹞子的声音，甚至能分辨得清哪一阵的响声是由哪几只葫芦发出来的。

夏夜，我躺在宽敞的庭院里，仰望着广角的天空上繁星点点，点点繁星上又星星点点分布着黑乎乎的鹞子，数一数有多少只，当然总是数不清的，与家人们热烈地议论着它们的大小、高低、远近，倾听云霄间流泻出雄壮的旋律。

庭院里清风徐来，蚊声嗡嗡，想象鹞子们在高空中浸润着皎洁的月色，沐浴着万里长风，俯瞰着人间大地，偷窥着天宫的琼楼玉宇，小孩子的心思就想着自己也变成一只鹞子就好了。

想着、看着，就睡着了。

芦花瑟瑟

露水浸衣，朦胧中听见外祖母喊道："大猴，进屋去睡吧！"

"放鹞子"成为永远的回忆

农家放鹞子的时间一般都在傍晚，日挂树梢，晚霞满天的时分；第二天日出树梢，朝霞满天时分收回。因为鹞子上的布面与龙骨之间虽都用粗麻线连接，且也用糨糊粘合的，哨嘴子与哨身是用松香粘合的，但松香和糨糊都经不起强烈的日照。那时也没有什么"万能胶"。

解放初期，直至合作化以前，我的故乡都有"放鹞子"这样太平盛世的传统景致。这一景致也可能存在上千年了，1956年后逐渐地消失了，至今已经基本上灭绝。

消失的最初原因是贫穷。合作化后人心化不到一起，"大跃进"后五风刮起，地不好好种，很多年都处于吃不饱饭的状态，哪来的情绪和气力去放鹞子啊？后来又因为阶级斗争越演越烈，人心有了隔阂，又哪来的心劲去放鹞子呢？再后来，农村里普及了电，田野里、河边、路边，到处都是电线杆，放鹞子的地理条件没有了。小沟小河可以跃过蹚过，可人总没有法子从七八米高的电线上飞过去，这个鹞子也就永远放不成了。

改革开放后，家乡有了一个艺术节，其中有一个挺招风的大节目就是"放鹞子"。负责"招商引资"的一群官员们带着一群外国人或是港人们，跑到百里外的没有电线杆的海边荒滩上，用大卡车拉着鹞子放到天上去，场面自然也是大的，但再大也大不过满天星斗、百鹞争鸣的夜景。

故乡的鹞子在改革开放的年代得以新生，在国内和国际的风筝节上屡获大奖和金奖。

我为之高兴和自豪，更多的却是遗憾。

首先是风筝的制作越发精良细作了，也在鹞面上描龙绣凤，画花画鸟的了，每一只拿出去参赛的风筝都成了精美的艺术品，却不再有原汁原味粗糙的况味。

其次，那只是政府在逗着外国人及港澳台的同胞们在玩，土生土长的农民们已经再也不玩了。他们玩不起了，他们也没条件玩了，他们也不会玩了。

过去，鹞子的制作工艺、平衡试验、哨口制作，甚至葫芦的种植都是相当普及的，每一个村落，几十户人家中就必有会做鹞子的农民，也必有爱放鹞子的汉子，现在没有了。只有政府扶持的少数几个老匠人带着少数几个徒弟掌握制作技术，普通农民早就不会了。

"放鹞子"，这一故乡千百年来最精彩的群众性的体育娱乐节目从普通农民的生活中彻底消失了，不亦悲乎！

桂花树

外祖母家院子的东北角有一株老桂花树，说不清有多少年了，树高四五米，直径六七米，呈蘑菇状。

在冬天最冷的季节里，在它的根部位置，刨开冻土，均匀地埋上五六堆鱼鳞、鱼肚肠。

春天，一两场春雨过后，枝头就绽出了绛红色的嫩芽，毛茸茸的一片，好像有一层带雾的光罩在树冠上。又一场春雨，又有新的嫩芽萌出来，原先的嫩芽伸展开来变成了叶子，叶子绿了，颜色越来越深，渐渐地变蓝了，最终变成墨蓝的颜色。这时，再浇上两遍沤得发了酵的豆饼水。

整整一个夏天，桂花树安安静静地生长着，树叶越来越茂密，叶片越来越肥厚，墨蓝的叶面就像上了一层油，闪闪有光芒。老树正又一次地孕育着绽放、生殖的力量。

中秋前，一个说不定的日子，就在谁也不在意的时候，院子里忽然就有了淡淡的桂花香。走近一看，最初只是几根枝条上抽出了百十根纤细如丝的茎，每根茎的端部则有几颗小米粒般白色的苞蕾，那么的小巧而美丽，那么的结实而坚挺。不几天，所有的枝头就都布满了这样的蕾，蕾就变黄了，整个树冠就如黄金灿烂的伞盖，在秋阳下闪烁着光芒。渐渐地，苞蕾绽放了，成小"丫"状，花香也就日渐浓郁了，整个院子都笼罩在馨香之中。香气穿透门窗，弥漫了整个房间，穿透蚊帐，浸润了床与被。

一年之中，我差不多有半个多月总是在这馨香中甜甜地睡去，又在这馨香中舒服地醒来。只伸了一个懒腰，只揉了一下眼睛，鼻子一嗅，就发觉空气又比昨天更香了。桂花的香气不仅有弥漫的力量，而且有穿透的力量，越过屋脊，弥漫了街道和田野，东起方惠琴家，西至袁和尚家，南至大马路，北抵后河两岸，方圆几百米，处处氤氲在外祖母家这棵老桂花树的馨香中。

"周家姆妈家桂花树开花了，好香啊！"

"好像今年比去年还要香！"

这就是在那些日子里周边邻居们常挂在嘴边的话。

"周家姆妈，送两支桂花给我香香，好吗？"

"好的，好的，有什么不好？你自己去剪吧！"

"我来，我来。"我是小气鬼，只要我在家，我是绝不舍得让外人动手的，于是就拿着剪刀应声而出。

有时，我也乘机给自己剪几枝，插在瓶子里，用水养着，供在书桌上。那时还有两句不成调的诗"馨香满院嗅不够，又剪桂枝置案头"，自觉一个"嗅"字也算贴切。那沁人的桂花香啊，光闻闻哪有够呀！要用鼻子使劲地去嗅，嗅了又嗅，把香气都嗅进心肺子里去，似与七分醉酒的感觉差不多了。

桂花开到一定的程度，就开始担心秋雨了。总要赶在一场秋雨前将其打下来。在树下细致地铺上床单，拿一根长长的竹竿，轻轻地敲打树枝，一树桂花就萧萧而下了。然后，小心地把床单掬起来，把桂花倒在筛子里，细心地把树叶、树枝、沙子之类的杂物拣出来，再将桂花晾一晾，再用红糖或白糖腌起来，放在瓷罐子里密封好，这就是"酿桂花"了。

腊月里，外祖母就开始吩咐我：

"大猴，去送一盅儿桂花给兰姑娘家！"

"大猴，送一盅儿桂花给凤姑娘家！"

做这一类好事，我不小气，总是跑得飞快。

芦花瑟瑟

于是到了过年时，外祖母家和邻居家就都有桂花汤圆、桂花年糕吃了。

吃元宵时，放一丁点儿酿桂花在汤里，好像与使劲嗅的感觉是一样的。蒸年糕时，将一小盅儿"酿桂花"放在米粉里搅匀了，年糕一出笼，满屋子的桂花香，全家人似乎又都回到了桂花开放满院香的日子里。

美好的农家生活不仅可以贮存在记忆中，也可以贮存在好吃的东西里。

灯 节

旧时代的中国农村，除了春节、元宵、清明、端午、中秋而外，还流行着种种农历小节日。如正月十三上灯，正月十八落灯，有"上灯圆子落灯面"的乡俗；"二月二，家家户户接女儿"；七月十五是鬼节，吃扁食；九月九是重阳节，吃重阳糕；腊月初八吃腊八粥；腊月二十三是恭送灶王爷上天，祭供更隆重——

正是这些大大小小的节日调节着平民百姓生活的节奏，重复的日子有了起伏，平淡的生活有了生气，日子变得容易打发了。

岁月流逝，时代有时确实是前进的，有时确是同样真实地倒退着，这些小节日却无可奈何地不断被淡化了。刚开始时是被政治节日所淡化，后来又被无穷止的阶级斗争所冲击，骇人的贫穷将老百姓的生活搞

芦花瑟瑟

得全无心绪。过个节总得有点物质基础吧？总得比平常吃得好一点吧？总得给孩子们添件新衣服吧？然而，把持家计的大人们却难为无米之炊。但也正是因为穷，正是因为饿，孩子们对节日的巴望却更为急切，偶尔的小小改善给孩子们带来的幸福更真切。这几十年来，物质是丰富多了，日子也好过起来了，可是平安夜、圣诞节、情人节，这些洋节日却又迅速地占据了城市青少年的心，只有少数几个旧历的节日仍然顽强地盘踞在今天已是五十岁以上的中国人的记忆里，仍然把其根须扎在中国农村广袤的土壤里。

一年一度的灯节，是"过年"的延续。从正月十三到正月十八，共有七天。从十三的傍晚开始，家家户户的屋檐下，就已开始挂起了各种大小不一形状不一的灯笼，通红透亮的琉璃灯饰，被烛光映得红彤彤的"福禄寿""天官赐福""平安""吉祥"的字样表达了平民百姓虔诚的期望。祖宗的牌位前红烛高燃，点着念香，摆满供果；孩子们穿着新衣服，并开始拥有了自己的花灯，他们兴奋地牵着、擎着，在附近的街市游玩，向邻居家的孩子炫耀并攀比着，探听着这一年一度灯市的新闻。正月十三的那天晚上，每家每户都吃糯米圆子，常见的馅儿有虾米荠菜、芝麻枣泥、猪油豆沙等数种。

大规模的闹花灯是元宵节。那一天，是全中国人民真正的公众社交日。从早到晚都洋溢着节日的气氛，每一个儿童的心里都膨胀着喜悦和希望，就像东风鼓荡着风帆。家家户户的晚餐都很丰盛，有酒有菜、有鱼有肉、有冷有热、四盆八碗、整鸡整鸭——那个年代，在我的家乡即使是比较贫困的家庭，咸鸭蛋、猪头肉、油炸花生米也是有保证的。晚餐后，儿童们舔着油乎乎的小嘴巴，迫不及待地第一批冲向街市，大人们随后也跟着出发了，他们或抱着婴儿，或牵着幼童，或搀扶着老人，摩肩接踵地挤进喧嚣的街市。

　　街市上早已是人的海洋、灯的海洋，人们手上擎的有老鹰灯、蜻蜓灯、蜈蚣灯、飞机灯，手中牵着的蛤蟆灯、汽车灯、兔儿灯。占绝对多数的是兔儿灯，红兔儿、白兔儿、黄兔儿，长长的耳朵、短短的尾巴、鼓鼓的肚子中间闪着红红的烛光，四个木制的轮子在碎石的街面上隆隆地奔跑着。街市上灯火灿烂，鞭炮声不绝于耳。人越来越多，只看见人头攒动，只听见人声鼎沸；灯也越来越多，地上是灯，空中是灯，一片灯火阑珊。时不时有兔儿灯被烛光烧燃，串起一团活跃的火，伴随周围人群欢乐的喊叫。人们就这样挤着、嚷着、笑着、叫着，在狭窄的街道上形成

芦花瑟瑟

一股无尽的人流。就好像一根香肠，人流携着灯火，携着欢乐，从香肠的一端缓缓地挤进去，又从另一端缓缓地流出来，依然携着灯火，携着欢乐，流向更光明、更喧闹、更广阔的大操场。大操场上人山灯海，那里早已搭起了一个戏台，不知从何处请来的草台班子从上灯日子那天就开始陆续上演京剧"失空斩""四郎探母""打渔杀家""玉堂春"之类的传统剧目；那里或许还另有一个更大的围场，邱洪标的杂技团正准备演出"走钢丝""山上吊""汽车过人"，开场的锣鼓声已经激越地响起，就像隆隆的春雷响彻在江海平原的上空。

每年每年，我都不知道元宵节的灯市是何时结束的；每年每年，我也不知道是何时爬上床睡觉的，忘记了洗脸洗脚洗屁股，却挂着尽兴的笑容进入欢乐的梦乡。

正月十八是落灯日，一年一度的灯节在这一天落幕。晚上，在吃完了三丝盖浇鸡汤面后，祖宗牌位前的香火熄灭了，祖宗的彩色画像收了起来，挂在檐下的灯也收了起来。孩子们的兔儿灯经过了一个星期的街游，虽已破损，但仍被点燃了烛光，最后一次被牵着在冷清的街市里转悠了一小会儿就无趣地回来了。

在这一天里，大人们的心情是漠然的，孩童则似乎有一种良辰不再的诗人情绪。

　　"过年"，"过年"，"过年"在这一天结束了，大人们要开始备耕，小孩子们要开学了。

芦花瑟瑟

焖玉米

　　我上小学时，放晚学回来，每每看见外祖母正在灶台下烧火煮晚饭了。

　　"大猴，肚子饿不饿？"没等我应声，外祖母接着说，"去田里掰两根玉米来吧，给你焖玉米吃。"

　　初秋的田野是金色的，在玉米地挑选玉米棒子时的心情就像鸟儿出笼、鱼儿入水般地愉快。

　　挑选玉米棒子是很有讲究的。首先要挑那些秆儿还没有枯黄的，秆儿要是已经老枯了，棒子也许已很长时间没有得到新鲜营养供给了，就是一株死玉米，就没有鲜味了，比活鱼死鱼的差别还要更大一些。所以一定要在那些虽然老了却仍然健硕地活着的株上找。其次，要注意须子的颜色。须子要是青的呢，肯定就是太嫩了，玉米粒子水泡似的，焖出来没有香气，吃在嘴里也没有沙、面的感觉；须子要是褐黑了，就老过了，焖出来粒子兴许咬不动；只有须子是紫褐色的才不老不嫩，既鲜香又甜糯。最终如若还不放心，就把棒子皮子剥开一条小缝看一看，是不是癞痢头，有没有虫子蛀。再用手指甲掐一掐玉米粒子，如果一掐一咕噜水，也是水泡，鲜是鲜了，嫩也是嫩了，但没有咬劲；如果掐不出浆来，也是老了。考究的是浆水不多也不少，一指甲掐下去，刚刚冒出比小米粒儿般还要小的浆水来，此即为上品了。

外祖母将我掰回来的玉米棒子连同那层层的包皮往灶里一扔，灶里余烬未灭，将炽热的草木灰往棒子上堆高了去。也不过十几分钟的光景就估摸着熟了，用火钳子夹出来，往地上使劲儿那么一摔，灰烬就没了。剥开皮来，那支焖玉米就显现在面前了。奇妙的是，一株玉米棒子上会呈现多种颜色和多种口味，着火少的一面，白色如玉，又嫩又鲜；着火多的一面呈金黄的颜色，粒子老一点、硬一点，有嚼劲，也更绵香。于是，将滚烫的棒子捧在手心里，来回翻滚地啃着，啃啃这一面，再啃啃那一面。

上海菜里有一道炒面叫"两面黄"，焖玉米也有类似的特点，但比"两面黄"可好吃得多了。

时下这岁月，有时也与孩子们去麦当劳，总看见很多客人在啃老玉米，食客们津津有味的表情表明

芦花瑟瑟

这是一种受人欢迎的食品，于是我也会来上一根，五元钱。同样的东西在许多五星级的饭店也有，十元一根。嘴里啃着，心里却在想："这叫什么呀？我小时候吃的焖玉米，如能在此时此地，一根怕值一百元！"

不！一百元也不行。现在要吃上那样一种焖玉米根本就是办不到的事，因为必须同时具备的必要条件已经无法办到了。

籼子粥

　　江海平原上有一种粮食作物叫元麦，把元麦磨细了，但不是磨成粉，仍呈粒状，故乡人将这样的食物叫作"籼子"，郊县人的方言则称之为"麦屑"。籼子熬的稀饭叫"籼子粥"，籼子煮的干饭叫"籼子饭"，郊县人类推为"麦屑粥""麦屑饭"。也可将元麦磨成粉，再擀成面条，都称为"麦面条"。

　　我的外祖父算是一乡间宿儒了，厨房门上每年都贴着他写的同样的春联：

　　　天水菊花茶

　　　青菜籼子饭

　　对仗工整，体现了农耕社会里的恬静、自给自足且又知足常乐的田园生活。表面上看，上联对茶的标准颇高，既是天水，又加菊花，有文人的雅意；而下联中对"饭菜"的要求却又偏低了，因为籼子饭着实

芦花瑟瑟

不是什么好吃的东西。但在当时的经济条件下，要想喝一杯天水菊花茶是普通农民可以办得到的事，而想把饭菜提高到大米鱼肉的标准却根本不可能。即使在解放前的中小地主人家，其日常的饭菜能把青菜粜子饭吃饱了，吃长了，也就要叨念祖宗的福荫了。当然在较富裕家庭，改善伙食的频率要高一些，青菜能变成青菜豆腐，"粜子饭"能变成"粜子和米饭"，类似于北方的"二米饭"，那就好吃多了。

所以，李愣子对此是深有感悟的，写了自己的春联贴在大门上：

粜子和米饭

神仙也不换

粜子吃起来口粗而牙碜，吃多了屁多且特臭。家乡农民有一句骂人的话，"放你娘的老麦屑屁"，意在对象人微言轻，说的低级话，放的低级屁，没人听也没有用。由此也可见粜子的低级，比北方的小米似还不如，大概与陈永贵的"三尺三"品种的高粱差不太多。

但我小时候在外祖母家喝了十二年的粜子粥，感觉还是相当相当不错。

夏天的早晨，在我起床后不久，外祖母就已在通风阴凉的后门口放好了一张宽凳子和几张小矮凳，刚刚坐下来，一大碗籼子粥和一小碗大头菜咸菜就端上来了。外祖母熬籼子粥时有时会放一小把大米，有时放一小撮碱面，籼子粥就会呈紫红色，黏黏的，柔柔的，更是好吃。我总是把一小碗大头菜咸菜分几次拨在粥碗里，然后一搅，稀里哗啦就把一大碗粥喝光了。一般情况，要吃两大碗。吃饱了，抹一下嘴，揉一下肚皮，背上书包就飞快地上学去了。

二舅舅常笑嘻嘻地说我是饭桶，这么小年纪，怎么能喝两大碗籼子粥？

外祖母的观点与舅舅不同，望着宝贝外孙远去的背影，外祖母总是喃喃地自语："这孩子，肚子里油水寡呀！"

大人们觉得拿这样的早餐给孩子吃心有内疚，却又无力改善。小孩子来到这个世界不久，没有享受过好的食物，没有比较，反倒浑然不觉，只是在课堂里放屁多那是肯定的。

反正，小伙伴们大多都是喝的麦屑粥，大家都放"麦屑屁"，谁也没有害臊之意。

祖父母的豆腐坊

在百脚街的中段，祖父母开了间"隆兴记"豆腐坊。

我小时候长年住在外祖母家，偶然也会住在自己家里。总记得每日三更，祖父就与两个伙计起床劳作了，推磨、烧火、拉风箱——睡梦中，我常常被拉风箱的声音吵醒，于是就只穿着一条裤衩跑到院子里来撒尿。只见前屋里炉火映得通红，灶上高高的蒸锅上迷漫着腾腾的热气，热气从瓦缝中不断地渗出来，在屋脊上形成一层依稀的白雾。一颗颗淡赭色的瓦松从白雾中冒出尖儿来，那高高的烟囱里喷出的浓浓的黑烟被风吹着，斜斜地向黑夜的天空散去。有时我会撒完尿提着裤子跑到前屋去跟祖父要豆浆喝，只见矮墩墩的祖父正站在高高的炉台上，不断从滚烫的浆水中拖出一叶叶乳白色的三角形的豆腐衣。豆腐衣稍一风干即呈金黄色，就像忠义堂里的杏黄旗，挂满在低矮、阴暗、四角结满蛛网的店堂里。一笼笼热气腾腾的豆腐，一叠叠滤着水的百叶堆放在那张永远油渍渍、水淋淋的木桌上。木桌裂着粗深的缝，缝隙里积满了污垢，浆水、汗水和泪水就从这里滴落在黑色的泥地上。

拉风箱的笛哒笛哒的音乐伴随着永远睡眠不足的妇女儿童的晨梦。什么时候拉风箱的音乐停止了，大人们就全都起来了。天色虽未大明，店门已经打开了。祖父脱下围裙，戴上黑贡呢的瓜皮帽，捧着水烟台，坐在临街放置的一张破旧的藤椅上，一边吧嗒吧嗒地抽着水烟，一边啜着滚烫溜嘴的粗茶，吆喝叫卖着："豆腐、豆腐衣、茶干、百叶，豆腐六分钱一块，茶干一毛一一斤——"

瘦骨嶙峋的祖母不知什么时候也已坐在了祖父的身边，她一边搓着那永远也搓不完的煤纸捻，一边也捧着水烟台，也吧嗒吧嗒地吸了起来，那黄铜制的水烟台锃光瓦亮，在祖父母的手中递来递去，传递着他们的互相怜爱、相濡以沫。

晨昏中，雾气迷漫的街道上越来越多地走过四乡赶集农民的憧憧身影，挑担的、肩扛的、推木制独轮车的、卖菜的、杀猪的、算命瞎子和跳大神的，都陆陆续续地从黑夜里走了出来，沉默着、吆喝着、沉吟着、歌唱着走进这小镇的清晨。

不等到我的回头觉睡醒，母亲就把我叫醒了。于是，我抹了把脸，背上书包，祖母走过来，替我整衣服，抚摸着我的脸说："人世间，三大苦，打铁行船磨豆腐。我的宝贝大孙子，在学校好好读书，你这一代不做这一行。"我"嗯"着。祖母递给我三分钱去斜对面的刁家烧饼店买一块缸爿（一种大饼似的早点），边咬着，边在越来越拥挤的街道上泥鳅似的钻来钻去，上学去了。

下午放学回来，一眼就能看见祖父正光着膀子，拿着鞭子吆喝着老黄牛推磨，祖母在一旁紧赶慢赶地往磨眼里加黄豆。祖母在喘气，祖父在咳嗽，老黄牛太老太瘦了，石磨转得缓慢而沉重，发出吱吱嘎嘎的声响，和着老黄牛不堪重负而发出的一阵阵低沉而嘶哑的吼声，混成一片，传播得很远。

解放前夕，社会动荡，物价飞涨，生意难做，生活十分艰辛。三四百户的小镇，豆腐坊就有六七家之多，竞争自然激烈。祖父也算是老板，所有的活计都亲力亲为，放牛、推磨，还要撑船、拉纤去四乡采购黄豆，终于积劳成疾，竟在解放那年病逝了，那年他不过四十九岁。祖母的身体一向不好，又病了一年，也告别了人世，也是四十九岁。

祖父母去世后，豆腐坊便由叔叔继承下来。叔叔年轻，手艺也不错，"隆兴记"又有点兴旺了。1956年，叔叔带头将豆腐坊去合作，当了豆腐合作联营商店的经理，入了党，还当了街长，拿工资吃饭了。只为了两句俏皮话，1958年被补成了右派分子，开除党籍，开除职务，五花大绑地被民兵牵着游街，又被押到万人大会批斗。

婶婶惊吓成疾，忧郁过度，第二年不治而亡。婶婶死的时候三十出头，丢下三个未成年的孩子。

祖父母的孙一辈的后代不再有人提起自己家的祖业，更没有人继承。唯有我一直老老实实地在履历表上填上祖上是开豆腐店的，与朋友、同学闲谈时也不无自卑地说自己是豆腐花子的后代。

我这一辈子，已经永远忘不了那"隆兴记"豆腐店艰难而兴旺的往况，那坊间粗犷而呜咽的音乐，好像是从远古的荒原里传来，时现时断、时高时低地在我的耳边回响。

后记一

只有那屋上淡赭色的瓦松

最初写《芦花瑟瑟》的散文还是1998年在北京的时候。

客居京华，工作也不是很忙，长长的夜晚常常一个人枯坐在孤室里发呆。于是花了一万元向陈育延（女，清华"文革"名人）买了一台486，想学学打字。

季节，最容易让游子产生一种触物思乡的情绪。

炎夏，热风千里，酷暑难忍，嘴里咬着北方的黄金瓜，甜也是够甜的，香也是挺香的，就是不脆也不鲜，于是就思念家乡的脆甜香鲜四品俱全的小白瓜了。寒冬，北风呼呼，每每看见食堂里那个胖冬瓜似的大师傅从菜窖里躬身而出，怀里抱着几颗大白菜，头上顶着一簸箕土豆，弥勒般的笑容堆在他胖嘟嘟的脸上，心想，这皇城根儿的人可真没口福，吃上白菜土豆就乐成这样；此时要在家乡，蔬菜的品种那可多了去了，大白菜、卷心菜、鸡毛菜、上海青、苏州青、菠菜、茼蒿、芹菜——又分野芹菜、家芹菜、水芹菜——豆苗、荠菜、香菜，尤其是那黝黑发亮的"黑菜"，那一种入齿即生的素鲜滋味，实在太令人怀念了。

"馋虫子"就这样被勾了出来，心里想着那些好吃的东西，舌尖生津，就有口水咽下去。归乡无期，更不知回家能否赶在季节里。冬天回去赶上了吃黑菜，却吃不上夏天的小白瓜；夏天回去能吃上小白瓜了，却又吃不上晚春的青蚕豆——

唉！叹息声中，一缕一缕的乡思乡情就被勾了出来，渐渐地充塞于脏腑了。于是就想不如写点乡思乡情的东西玩玩。

初始的想法不过是写点"朝花夕拾"或"儿时拾趣"一类小文章而已，但随着那消逝了年代的长镜头一次次地拉近，在时光的隧道里，我却渐渐地沉浸在凄凉与孤愤之中，越浸越深，全然全然地"趣"不起来，双眼莫名地模糊了。

仿佛眼前就是那无边无际的江海大平原，平原的上空迷漫着无边无际灰白色的雾，在晨曦将至的黑夜里。漫天的雾中是那些四乡赶集的身穿缁衣的乡亲们憧憧的、清冷的身影，人人都只露出大半个身子，

芦花瑟瑟

侧着半明半暗、半黑半褐的脸，挎着竹篮子的，扛着麻袋子的，荷锄的，挑担的，推木制独轮车的，算命瞎子和跳大神的，忙忙碌碌，熙熙攘攘，都作前俯式的奔跑状，双腿看不见，下半身墨化在半人高的蒿草里。那蒿草是秋天的或是冬天的，全是枯的，惨白或灰死色，就像垂垂将逝的老人髭发，乱蓬蓬，没有一点油色和水色。蒿草的上半截也浸没在灰色的雾中，灰色的雾与灰色的天连成一片，无限化的浸染与墨化。寒风呼号着，草木呻吟着，乡亲们的饥饿的身影在这无边凛冽的景中瑟瑟地起伏着——

　　哪里有什么石缝中的小草在春风中萌芽？哪里有什么朝霞中的野花在晨风中摇曳？"万物生长靠太阳"是不假，可毕竟"民以食为天"，一旦人间没有了吃的，无论什么样美好的景就全都没有了。三兴圩镇西街头有的是吓死人的干净，连牛马猪羊鸡鸭也公社化掉了，也就没有一家养得起猫与狗，于是地上也就没有了牛马猪羊鸡鸭猫狗的粪便，干屎稀屎都没有，也没有吃家畜粪便的屎壳郎和甲壳虫爬，天上鲜见觅食的鸟儿飞，蝴蝶和蜜蜂当然还是有，也仍然是色彩斑斓的，但是饿昏了双眼的人类已经看不见它们的美丽——美丽是什么？能不能抓来吃？

　　心孤寂得无法说话，只想背诵李华的《吊古战场文》，背不出了就翻开秉雄送给我的《古文观止》念一念。

　　浩浩乎！平沙无垠，敻不见人。河水萦带，群山纠纷。黯兮惨悴，风悲日曛。蓬断草枯，凛若霜晨。鸟飞不下，兽铤亡群。亭长告余曰：此古战场也，常覆三军。往往鬼哭，天阴则闻。

　　……

　　鸟无声兮山寂寂，夜正长兮风浙浙。魂魄结兮天沉沉，鬼神聚兮云幂幂。日光寒兮草短，月色苦兮霜白。伤心惨目，有如是耶？

　　念着念着，泪水模糊了我的双眼，乡关在泪水中"蜃楼"般重现。

　　我在小镇的西街头生活了十二年，这是我全部的童年和一部分的少年。我无限深切地热爱着外祖母及外祖母家的邻居们，他们中的每一个人对儿时的我都曾是那么地亲密和友善。兰姑娘无数次注视我的神情，带着我永不忘怀的灿烂的微笑，那笑容里包含了多少丰富的善与爱，我也说不清。我至今真的搞不懂一个长年害着眼病的老妇人何以能有如此动人的眼神？那布满褶子的脸上何以能开放出一朵如此美丽的笑靥？由此联想到她年轻时兴许也是一个美人儿吧，她那"破窑里烧出来的好砖头"的女儿小凤儿一定就

芦花瑟瑟

是她当年青春的写照。

假日的早晨，我常常会端着一大海碗的糁子粥，边喝着边走出外祖母家衰败的大门堂去邻居家串门子，无论是水琴她奶奶，还是凤儿她妈，她们喊着我，在我的粥碗里拨下一大筷子的大头菜咸菜，甚至磕上一只咸鸭蛋强塞在我的手中。青蚕豆上市的日子，她们会从锅刷子上扯下一根竹签来，洗一洗，串上满满的一串葱油青豆子递给我；青麦成熟季节，又捏上一团冷蒸，细心地包上一勺子洋白糖，直接塞进我嘴里；端午节，我尝遍了每家每户的赤豆的、红枣的甜粽子，或是豌豆鲜肉的咸粽子；立夏日，大姨给我用彩色的丝线织的长长的网兜里放满了乡亲们送的煮鸡蛋、鸭蛋，甚至还有方惠琴特意送给我的一只大鹅蛋——挂在脖子上，或拎在手里，喜洋洋地走在上学去的街面上，那可真是跳着蹦着的。

在解放初至合作化前的那几年，西街头农家还有这些好东西吃，农民们过着小农经济自给自足的生活，穷兮兮、紧巴巴，却也马马虎虎过得下去，所以时时能感受到人情的温暖和乡情的淳郁。及至公社化后，西街头家家户户都面临着挨饿的危险，一粒米、一颗豆子都陡然精贵了，乡亲们之间的食品馈赠则鲜有了。再后来，阶级斗争的法螺越吹越紧，乡人们也有了相互戒备、相互斗争，西街头的人情和乡情，都变冷薄了。

不过，那时我已上初中去了，且又是寄宿生。

我后来上了大学，远离了家乡，大学毕业后，又分配到西北工作，几十年间很少回家，但方卫国、曾明达、小凤儿、水琴，这些儿时玩伴、青梅竹马，就像那一颗颗煮鸡蛋、一串串青豆子一样，清晰地留在我的记忆里。小凤儿、方惠民自不必说了，就连那个有轻微智障的"屌屎茄儿"曹建华，每个早晨都走同一条路去上学，每个下午又排在同一队伍放学回家，我们曾在街面上，或是后河边打成一团，我骑在他身上，他也曾骑在我身上，挥舞着小拳头，发狠地揍屁股，不出两天，我们又好了。打架的事早忘了，忘不掉的是"屌屎茄儿"不痴不呆的笑容，憨憨的、傻傻的，笑嘻嘻地望着我，掩不住的善良。我当然不是"迅哥儿"，可是有时我觉得他就是我的"闰土"，虽然没有亮晶晶的眼睛，脖子上也没有亮晶晶的银项圈，不会种地，但会下河摸鱼摸虾的"闰土"。

人一老，就念旧，尤其是小时候生活的这段刻骨铭心的岁月。那是我们伟大的共和国的早晨啊！南瓜粥、粞子粥、焖玉米、桂花圆子——都如同珍珠般的美好。那个早晨曾有过瞬间光明，也曾有过些许幸福

芦花瑟瑟

和快乐，后来没有了，越来越贫穷、恐惧与困惑。

老实说，在很多很多年中，我对故乡的感情并不是一种爱，只是一种眷念。那长长的街道太窄太窄了，太脏太脏了，两旁的房屋太老太旧太矮太小了，家家户户都是鸽子窝，小镇也早已没有一处像样的老房子，几十年间也没有出现过一间像样的新房子。当然新房子也是有的，一场狂风暴雨后，镇上总是有几家甚至十几家的老屋因年久失修而倒塌了，几个月后可能就有了不得不盖起的新房子，但那新房子总是比老房子更小更矮更马虎甚至更危险了，黄泥砌墙，单砖到顶，往往都买不起石灰来抹一下墙面，所幸这儿没有地震。

我每次从北京、南京、上海这些大城市回来，深深感慨的是小镇上一户更比一户低矮的屋檐，一间更比一间破败的屋子，一个更比一个菜色而木然的乡邻，装载的全是凄凉、悲惨的生活，就像"后河"的水一般混浊、绵长的命运。

只有那屋上淡赭色的瓦松，似乎一年比一年的高了。

后记二
母亲的生命就这样溜走了！

今年3月13日这一天，我们这儿的天气特别好，早晨的阳光灿烂而新鲜，亮堂了半个房间，房间里充溢了初春的暖意。

与前一夜的烦躁相比，九十高龄的母亲这一夜睡得特别安静，气色相当好，白白的，也有血色。如果没有皱纹，没有稀疏的老年斑，就像小姑娘的脸色一样好看。

九点钟的时候，母亲已经醒了。我走到床前说："妈，该起床了。"母亲说："我今天不想起床呢。"我说："那就再睡半个小时吧。可不许赖床唷！"母亲点点头。

半小时后，我与保姆一块儿服侍母亲顺利地起了床，坐在沙发上，然后由保姆给她洗漱，吃药，吃早饭。我就上楼（我们家是跃层）来到我的书房上网，然后下楼。保姆说：今天你妈特别乖，吃得可好了，

芦花瑟瑟

喝了半杯牛奶，一小碗稀饭，一个鸡蛋，几筷肉松，一小块腐乳。

你真棒！我竖竖大拇指表扬了母亲。

那时已是十点半了，我对母亲说：你又是三天没大便了，今天得打开塞露。母亲很顺从地让我们摆弄，然后我就抱着她到卫生间。

母亲的双臂勾着我的脖子，母亲的脸颊贴着我的脸颊，母亲的热量传过来。有一周多了，每天都是这样做的，每当这样的时刻，我会涌上一阵幸福的感觉。

保姆利用这个空当，赶紧将房间的窗户打开，通风透气，打扫卫生，将母亲的床单、被套全部换了干净的。

母亲坐在马桶上，我坐在一旁的小凳上陪她说说话。我问母亲有没有大便，她说我也不知道。我说肯定有了，我闻到臭气了呢，母亲也未置是否。我说你就再坐一会儿吧，没准还会有，母亲点点头。又坐了十几分钟，我把母亲抱起来，保姆为她洗屁股，擦了爽身粉，换了尿不湿。我再次将她抱进房间里去，坐在沙发上，把双腿搁在床上，盖上被子，再拿一个电热水袋让她自由地拿在手上或置于腹部。

来回抱的过程，我也感到累，我问母亲：这样坐着舒服吗？母亲说：舒服的。我说那我就上楼去休息一会儿，母亲说你去吧。我坐在电脑前喝了一杯茶、抽了一支烟。

保姆是在母亲生活完全不能自理的情况下才请的，到这天为止四十天，只做半天工，上午十一点半就走了。我与妻开始忙着搞午饭。我们吃好饭，一点钟的时候，搅了半个橙子汁又加了一点蜂蜜让母亲喝了。我问母亲甜不甜，母亲说甜。于是又配着喝了半支口服液。

一点半钟的时候，妻的妹妹来了。她和妻在厅里说着话，又进去问候了我母亲。母亲回了话说：你来了。我问母亲她叫什么名字，母亲说叫建华。妻妹子说：妈妈（家乡话中伯母的意思），脑子呱呱叫。母亲给她一个笑脸儿。妻妹说：你母亲不简单，脑子不糊涂。

两点多钟的时候，我又喂母亲吃了一大块红薯。母亲说嫌多了。我说能吃多少吃多少。结果也全吃了。

约摸又过了半小时，我为母亲准备了一小碗鸡汤泡饭，里面放了鱼圆与山药。

母亲的吞咽功能早已很差了，喂饭的过程比较长，我会用各种办法转移她的注意力，说说话，问问题，在这一口与下一口之间，我会靠着门垛做撞背的锻炼，让她一边咀嚼一边看着我，我会问她那些老一套的数学题。那天我问她的问题是这样的：每次撞背二十五下，做了两次，一共多少下？母亲很快地回答是五十下，我说你真聪明。我说那么我做了四次，一共多少下呢？母亲说四五二十。我等着她报答数，但是她最终没有报出来。我说一百下呀，下次可要记好了。

母亲吃饭的时候不住地喘气。半个多月来，她常常是这样的，所以也没有特别在意。吃了一半的时候，我心想今天吃的东西已经很不少了，就说不吃了吧，母亲点点头，我又让她喝了几口鸡汤。

每逢要剩饭，如果剩的比较多，母亲总是说留着下一顿再吃吧，也不忘吩咐加个盖子盖一盖。如果剩得比较少，她就一定会坚持吃干净了。有时就是一口头了，倒掉吧？母亲摇摇头表示不同意。有时甚至会把饭碗抢过来，吃得饭碗里绝对不剩一粒米。在这方面，她是特别固执的，没有任何商量的余地。此前也曾有过一两次，我乘她不注意时就把剩饭倒掉了，她发觉后很生气，真的很生气，很严肃地斥责是"作孽"，这之后我就不敢了。

母亲的生命里始终对两样东西特别敬畏：一是

水，二是米；鱼啊肉的不在乎。她说水是生命之源；她说一粒米六斤四两水，浪费一粒米，雷神菩萨要打头。

3月13日下午三点半左右的情况就不一样了，我说剩下的就倒掉吧，母亲竟然点头同意了。这种情况是从来没有的，让我当时很心惊。我只是感伤地意识到母亲生命的心劲儿又下了一个台阶了，但是我仍然没有想到这是她的最后一顿饭。她或许已经意识到自己永远没有机会再吃了。

吃完饭，我就给她捏脚，左边五十下，右边五十下，再左边五十下，再右边五十下。

我在为母亲捏脚时会大声地数数，母亲也跟着数。我用家乡话，母亲也用家乡话；我用普通话，母亲也用普通话。母亲是有文化的人，其实真正的学历也只有小学三年级；她的普通话说得很好的，当然也只是"狼山"（南通的一座山）牌普通话。

数数的习惯是在我陪她散步时才形成的，前后也只有两个多月的时间。那时，母亲拄着拐杖已经不能单独散步了，需要我用一只手牵着她，我们一边走，一边大声地数数。刚开始时，只要我开个头，母亲就会接着往下数。让我万分惊异的是她从来不跳数，也从来不数错。每天中晚两次，或饭前或饭后，一天大概六百步。这样的日子只持续了几十天，后来喘气得厉害，就越来越少了。但想不到数数这样的新习惯竟然维持到她生命的最后两个小时。

母亲对捏脚并不享受，她会喊疼。我说有疼痛的感觉就是有效果，你看你的双脚都肿了，捏捏脚能活血，坚持下来，你也许还能自己散步呢。她也就不再反对了。

妻已经上班去了，家中只剩我和母亲两个人。

我坐在沙发前，与母亲拉了一会家常。我告诉她你的小女儿打电话来，说要回来服侍你，你要不要她回来呀，母亲没有正面回答我的话，只是问她在哪里，我说你说她在哪里呀，母亲说她是不是在南京，我说你又糊涂了，她在美国啊！你大女儿在南京，她上个星期刚回来过。母亲没作声，盯着我看。我说你到底给句话呀，要她回来还是不回来？母亲还是不作声。我又问她你的小儿子在南京，忙着呢，要不要他回来呀？母亲还是不作声。我对母亲说，母亲你话怎么越来越少了啊！

我为母亲擦了一把脸，对母亲说：服侍好了，我去休息一下。往常她会说：我没事，你去休息吧！可那天她只是点点头。

我惦记着那半支口服液，又很快来到母亲面前，看到她睡着了。没有忍心叫醒她。于是就到厨房里，将中午的碗筷洗刷干净了，做些晚饭的准备工作。这个过程可能有三四十分钟，这就到了五点半左右。

我再次走到母亲面前，看着母亲睡着了。我说妈你醒一醒，把这支口服液喝下去。她不理我，我把她的脚放下来，摇摇她的身子，她还是不理我。我有点慌，摸摸她的脸，脸热热的，也有红晕；摸摸她的手，手也是热的；摸摸她的胸，胸很热。将手放在鼻子下，没有鼻息；把她的脉，没有脉息；将手放在她的胸口，没有感到心跳；将头埋在她的脖子旁，没有听到她喉咙的声音。我完全慌了，掐她的人中，摁她的太阳穴，将她搂起来，脸靠着脸，一只手拍着她的肩和背，完全没有一丝回应。

我开始哭喊起来：妈！妈！

几十声喊过去，我仍然不相信母亲就这样走了。我无助地看着母亲的脸，仍然是白皙有红晕的，我再将我的脸贴上她的脸，仍然有热量传过来，然而她再也没有些微的反应了。

母亲的生命就这样溜走了，乘着我不在意的时候。我将时间定义为3月13日下午5点20分，其实我不知道确切的时间，也许是在我洗碗洗菜的时候，也许还要更早些。

芦花瑟瑟

谨以此文献给已在天国的母亲！

谨以此书献给在天国的父母亲。

2012年11月18日清晨胡鹏池于江东颐园